Über dieses Buch

Ein Kaufmann, der mit Jukeboxen handelt, wird von seinem Freund und Kompagnon hereingelegt.
Lange durchschaut er seine Spiele nicht und wird weiterhin betrogen. Er landet im Gefängnis und nur ein Mädchen, das er während dieser Zeit kannte, wird ihm helfen können. Ein Anwalt wird beigezogen, bis die Sache endlich auffliegt.

Die Autorin

Erica-Laurence Schneeberg wurde 1944 in Zürich geboren und lebt und arbeitet bis heute dort. Sie schreibt Prosa, Kurzgeschichten, und hier auch einen Roman. In ihrem früheren Beruf war sie Musikerin und Grafikerin. Sie illustriert ihre Geschichten selber.

Erica-Laurence Schneeberg

DER MANN MIT DER JUKEBOX

Thriller

Bibliografische Information der Deutschen Natio-
nalbibliothek: Die Deutsche Nationalbibliothek ver-
zeichnet diese Publikation in der Deutschen Natio-
nalbibliografie, detaillierte bibliografische Daten
sind im Internet über http://dnb.de abrufbar.

Herstellung und Verlag: BoD - Books on Demand,
DE-Norderstedt

ISBN: 9783746081052

Thriller in 2 Teilen

Die Hauptpersonen

Fred Schmidt Kaufmann, handelt mit Jukeboxen, wird reingelegt

Daniel Mul sein Angestellter und Copain, nutzt die Wirte aus und seinen Freund

Myriam Mädchen, das beobachtet und teilweise mitmacht

Hans, ihr Vater immer auf Reisen mit seiner Frau, kommt auf ein krummes Ding

Konrad Sibler Ein Geschäftsmann und Freund von Hans

Ein Anwalt Freund von Sibler

Wirtin, Mamma Lea mietet eine Jukebox, lässt sich nicht reinregen

Wirt ebenfalls Mieter einer Jukebox, wird übers Ohr gehauen

Tamara Tänzerin in einem Nachtclub, Freundin von Fred S.

Achill, der Bursche lässt sich zur Komplizenschaft einwickeln

Teil 1

Tearoom

In einem eben aufwachsenden letzten Bezirk am Rand der Stadt Zürich, gab es einen beliebten, wie attraktiven Anziehungspunkt, das Tearoom Karrer. Es gab da nämlich Musik, und das von einer Jukebox. Das Lokal war recht geräumig, in zwei Flügel aufgeteilt und bei weniger gutem Wetter meistens voll besetzt. Viele Musikliebhaber, gross und klein, warfen da ihre Münzen ein, sodass die Stimmung im Raum immer voll Musik war mit den neusten Hits aus den Charts.

Ein Hit waren auch die feinen Glacee-Cups und die Vitrinen waren voll von den verschiedenen Confiserien, Backwaren, Wähen, Frucht-Törtchen, und kleinere Kinder, an der Hand ihrer Mütter bettelten davor herum. Es machte aber beinahe den Eindruck, als ob sich hier die Fliegen noch besser ernährten. Coca-Cola und Rivella waren die beliebtesten Getränke, nebst dem Kaffee. Das war keine gewöhnliche Teestube, vor allem nicht für diesen doch noch ärmlichen Bezirk. Da waren also lauter Dinge zum Schmunzeln fürs Ohr und für den Gaumen. Am

Eingang stand ein grosses Bukett Gladiolen in einem hohen Kübel. Das Gebäude befand sich an einer stark befahrenen Strasse, wo Bus und Autos hastig vorbeifuhren. Zudem hatte es vor dem Café eine schöne Gartenwirtschaft von Blumenbehältern eingefasst. Die halben Dorfbewohner verkehrten hier, vor allem die Frauen, Mütter mit ihren Kleinkindern, Jungen und Mädchen aber auch einige ältere Leute, die miteinander einen Jass klopften. Wer mochte da fehlen? Und bei schönem Wetter sassen die Gäste alle draussen.

Es gab aber noch eine weitere Attraktion, nämlich hinter dem Gebäude war ein grosser Parkplatz, worauf die schönsten Amerikaner-Autos parkierten. Diese wurden dann vor allem von den Jungen aus dem Dorf gehörig bewundert und die Musikbox stand dann verlassen im leeren Raum. Nur ein noch sehr junges Mädchen, Myriam, sass dann allein bei der Box und warf ab und zu eine Münze ein und wählte meistens nur ihren einzigen geliebten Song.

Unter ihrem Tisch stand ein leerer Blumenkorb, sie hatte ihre Blumen bereits an die Gäste verkauft und die Gladiolen am Eingang stammten aus ihrem Garten. Dafür bekam sie jeweils einen

Glace-Coup vom Wirt spendiert. Sie mochte sich nicht zu den Müttern setzen mit dem ewigen Geschrei ihrer Kleinkinder, und die älteren, die ihr auch noch Sträusse abkauften wollte sie nicht stören bei ihrem Jass. Die grösseren Kinder waren gar nicht da, denn es war Sommerferien.

«Ach, ich glaube ich gehe nicht mehr hin in diese Schule, am besten haue ich ab während den Sommerferien, wenn ich alle Blumen aus dem Garten verkauft habe. Ich komme dann vor dem Herbst wieder, wenn die Astern blühen. Die Eltern sind auch weggefahren, ohne mich, und da sitze ich nun allein. Ich könnte die Eltern suchen unten in der Camargue, das wäre eine Überraschung, aber ich glaube die hätten gar keine Freude.

Draussen hörte sie eine Motorradbande vorbeiknattern, sodass sie einen Moment die Musik kaum mehr hörte. Zudem heulten die Hupen der Amerikanerautos wie die Wölfe. Aber niemand liess sich stören. Es war im Jahr 1959, als die noch wenig bekannten Musik-Boxen und die Ami-Schlitten enorm viel Interesse auf sich zogen.

Schon geraume Zeit sah sie zu dem einzigen Gast hinüber. Neben der farbenschillernden

Box, an einem kleineren Tisch, sass ein elegant gekleideter Herr mittleren Alters. Er war in einem dunklen Anzug mit weissem Hemd, das er offen trug, schmalen Hosen und brillanten weissen Schuhen mit kleinen Löchlein verziert, mit schwarzen Kappen und leicht erhöhtem Absatz. Es ertönte der wundervolle Song von 'The Platters', R&B aus 1955, 'Only You'.

Myriam, das junge Mädchen, ca. 15jährig, sass unauffällig, aber neugierig an einem Nebentisch, und betrachtete bewundernd diese glänzenden Schuhe in schwarz und weiss. Seine elegante Erscheinung bannte ihre Aufmerksamkeit auf diesen fremden Herrn. Seine schmale Stirn, wie sein Antlitz, hatten, wenn man einen Tiervergleich heranziehen möchte, etwas von einem stolzen Ziegenbock, oder einem Steinbock. Myriam sah in ihm etwas Edles und sehr Stolzes. Die Jugend, eben dem Kinderalter entschlüpft, kann da noch die fabelhaften Vergleiche projizieren mit der Tierwelt, was Erwachsene leider mit der Zeit verlieren. Sein dichtes, zur Seite gekämmtes Haar war pomadisiert, dunkel, und an den Schläfen grau meliert. Er hatte auch einen Schnauz und seine blaugrauen Augen blitzten schelmisch im Lokal umher. Vor ihm, auf seinem

Tisch, lag ein kleiner Stapel mit Single-Platten. Er durchblätterte diese sorgfältig, zog eine hervor, machte sich Notizen, legte sie zurück, und begann wieder von vorn. Ab und zu murmelte er leise etwas vor sich hin und vor lauter Konzentration bildete sich ein senkrechter Strich zwischen seinen schwarzen Augenbrauen. Die ganze Zeit beobachtete sie ihn, aber er liess sich nicht aus der Ruhe bringen.

Dann stand er auf und warf eine Münze in die Jukebox. Durch ihre rundgebogene Glasscheibe flimmerten die schönsten Regenbogenfarben und aus dem Sockel reflektierte das Licht in den ganzen Raum, mal rot-violett über blau und abwechselnd bis gelb und türkis zu Azur. Wie magisch nahm sie ihren Platz ein und dominierte in eigenartigem Kontrast das Dämmerlicht in der Tea-Stube. Jetzt erschien hinter dem Glas der Bügel des Plattentransporters mit einer schwarzen Scheibe und rastete alsbald ein. Er hatte eine Melodie von Paul Anka gewählt, 'Diana', und wie berauschend verbreitete sich die Musik im Raum. Hier drin war alles so gemütlich und harmlos, während draussen die Weiber schnatterten und mit den Kindern rumschrien.

Der Herr setzte sich wieder und sein Blick streifte flüchtig zu dem Mädchen hinüber. Dann ging er wieder zur Box, warf abermals einen prüfenden Blick in ihre Richtung und tippte erneut etwas über der Auswahlliste ein. 'All I Have to Do is Dream' von den 'Everly Brothers' ,1957. Es war Nachmittag, schönes Wetter, die Gäste weilten glücklicherweise alle draussen und Myriam sass vor der spendierten Tutti-Frutti- Vanille-Eiscrème, und lauschte verzückt, dabei beobachtete sie das weitere Geschehen durch die Fenster, draussen vor dem Lokal. Sie sah einen Jungen, Achill, den sie bereits kannte vorbeistreichen und sah, wie er die Nase an der grossen Scheibe plattdrückte. *«Wenn jetzt der bloss nicht reinkommt, ich glaube der sucht mich, der stört mich bloss immer. Er kann es einfach nicht lassen, ihn interessiert doch die Musik gar nicht, er will nur immer knutschen, dabei versteht er keinen Pieps englisch.»*

2

Jetzt öffnete sich eine Tür im Hintergrund. Der Wirt kam aus der Küche und wischte sich die Hände an seiner weissen Schürze ab. Er kam beflissen zu dem Tisch rüber und setzte sich zu dem eleganten Herrn. Sie begrüssten sich wie zwei alte Bekannte und schüttelten sich die Hände. «Hallo Herr Schmidt. Endlich kommen sie!» Der Händler nickte bloss: « Ja habe lange gewartet.» Es begann ihre Konversation. «Nun, sind sie zufrieden mit der Jukebox? Ist ja auch ein Prachtstück!» und die stille Beobachterin konnte einige Worte davon aufschnappen wie: 'Wurlitzer', Kaufvertrag, Mietvertrag, Monats-Abrechnung. Der Gast hatte immer noch den kleinen Stoss Singles auf dem Tisch liegen und schob ihn etwas zur Seite. «Sie brauchen die Box nicht zu kaufen, ich mach einen günstigen Mietvertrag für sie. Der Vertrag ist immer für einen Monat gültig, aber sie können ihn laufend verlängern». Der Wirt überlegte es sich etwas und fragte:

«Gibt es auch einen Miet-Kaufvertrag?». «Das könnte ich für sie machen, aber es würde sich kaum für sie lohnen, es wäre eher für einen Nachtclub oder ein Tanzlokal geeignet, es würde sie auch etwas mehr kosten». Der Wirt winkte entrüstet ab:

«Nein, wo denken sie hin, mir genügt die Miete». Sie hatten Formulare vor sich und der Händler, sicher war er das, schob elegant eines davon vor den Wirt, ihn auffordernd zu unterschreiben. Myriam sah hin, wie der Griffel über das Papier kritzelte, während sich der Wirt über das Blatt beugte und mit dem Kopf nickte. Dann ging auch sie zu der Box und las die vielen Nummern auf den farbigen Plättchen der Auswahl. Ja! Sie war drin, die 'Everly Brothers mit 'Rip it Up'. Sie suchte weiter nach 'Elvis Presley', 'Don't Be Cruel', aus 1955, ihr absoluter Liebling. Sie kramte einen Fünfziger aus ihrer Börse hervor, wählte, und füllte ihre letzten Münzen nach für 'Blue Suede Shoes' und 'Tutti Frutti'. Jetzt hatte sie nur noch die grossen Geldstücke von ihren Blumenverkäufen im Sack. Wieder war sie völlig fasziniert von den leuchtenden Farben, die abwechselnd durch die Röhren flimmerten, sodass sie sich danach im Raum umsah.

Sie sollte bloss noch eine passende Münze haben und deshalb ging sie kurz entschlossen zu dem Herrn am Tischchen, welcher jetzt seine Formulare sortierte, bündelte und ordnete. Der Wirt war wieder in der Küchentür verschwunden und so war der Herr inzwischen wieder allein und lächelte ihr zu. Er wusste schon was sie wollte und gab ihr eine Münze, indem er sagte: «Schuger, Sugar, übersetzt hiess das der Zucker, wähle die 'Everly Brothers' für mich». Sie ging hin und tippte 'By, By Love' ein Hit aus 1956. Er nickte ihr freundlich zu, dann verliess er das Lokal. Er schaute nochmals zurück: *«Das ist eine hübsche Biene, wer weiss, die könnte ich vielleicht noch mal brauchen, wie alt die wohl ist? Aber Achtung, das ist Käfigfleisch!»*

Auch sie sah ihm nach, aber inzwischen hatte sich abermals die Küchentür geöffnet und der Küchenbursche kam auf sie zu. Er stellte sich vor sie hin und fragte verlegen: «Schon alle Blumen verkauft? Ich habe jetzt Zimmerstunde, du, ich setzt mich jetzt etwas zu dir. War wieder ein Stress heute, vor allem mit den vielen Coups da draussen. Sie rückte etwas zur Seite. Die Serviertochter rannte immer noch hin und her, vom Büffet zur Gartenwirtschaft und retour. «Die kann das jetzt mal allein machen, bin doch nicht blöd, die wollte, dass ich noch länger bleibe, die kann mich mal!» «Schon in Ordnung», sagte Myriam, «ruh dich erst mal aus bei deinem Ferienjob, aber vergiss nicht, du verdienst auch was!» «Du ja auch mit deinen Blumen». Sie lachten sich gegenseitig triumphierend an. Plötzlich wurde der Bursche unruhig und sagte kurz: «Ich hau da mal lieber ab, sieh zum Eingang wer da kommt, mit dem lasse ich mich nicht ein» und er verschwand durch die Hintertüre.

Am Eingang stand der andere Junge, Achill, von vorhin und liess seine Blicke durchs Lokal schweifen. Myriam schielte zur Toilettentür, ob es da noch hinreichte, um sich vor ihm zu verstecken, aber es war zu spät, der Bengel, hochgewachsen und frech, stand schon vor ihr. Er hatte kein unsympathisches Aussehen und war sich schon seines Sieges bewusst. Keck sprach er sie an: «Ich habe dich die ganze Zeit beobachtet. Kennst du den Herrn von vorhin?» «Wieso?» «Was hast du mit ihm geredet?» «Was geht dich das an?» «Du gehst doch mit mir, oder wie, oder mit dem?» «Wozu diese Eifersucht, ich geh mit gar keinem!» Er nahm Platz neben ihr und meinte:

«Der Küchenbursche kann sich ja auch einfach neben dich setzen!» Myriam verteidigte sich: «Er ist ein Schuljunge, der in den Ferien arbeitet, mehr weiss ich nicht». «Und der andere?»

«Der macht mit Musikboxen, und jetzt lass mich in Ruhe». Achill senkte etwas beleidigt den Kopf und setzte eine Schmoller Miene auf. Das einzige Geräusch kam im Moment von der Decke her, wo der Ventilator surrte.

Achill zog ein Sackmesser hervor und begann sich damit die dreckigen Fingernägel zu putzen. Dann spreizte er die Hand auf die Tischplatte und systematisch, wie wild, liess er die Messerspitze zwischen seine Finger niedertanzen, sodass sich kleine Löchlein auf der Platte abbildeten. »Hör auf damit», zischte Myriam.

Jetzt kam ein neuer Gast vom Eingang her und steuerte direkt auf den Jungen zu:

«Hallo, war vorhin schon der andere da?» Der Junge sah zu dem Gast auf:

«Ja er war da, hab ihn die ganze Zeit beobachtet, er hat bereits mit dem Wirt gesprochen». Der Gast fragte ihn streng:

«Hat er den Vertrag unterschrieben?» «So genau konnte ich das nicht sehen, aber ich glaube ja.»

«Geh hol mir sofort den Wirt», gebot der Gast. Er war ziemlich gut gekleidet, lauter teure Sachen und er hatte ein sehr gepflegtes Aussehen, so ein gewisses Etwas. Er schaute auf seine teure Armbanduhr am Handgelenk und wartete, während der Bursche den Wirt holte. Als er ihn endlich gefunden hatte, gingen die drei an einen anderen Tisch und riefen der Serviertochter, dann begannen sie eifrig miteinander zu reden. Mul, so hiess der neue Gast, stellte dem Wirt lauter unangenehme Fragen.

«Was hat mein Partner mit Ihnen für einen Vertrag aufgesetzt, ich denke doch einen Halbjahres-Vertrag, oder einen Kauf? Hat er die Box verkauft?» Er wischte sich den Schweiss von seiner glänzenden Stirne.

«Es ist ein Monats-Vertrag.» «Können sie mir den zeigen? Ohne meine Unterschrift ist der ungültig». Der Wirt sah ziemlich verdutzt aus der Wäsche. «Der Vertrag ist gültig. Ich habe jetzt keine Zeit mehr, kommen sie morgen nochmal vorbei, auf Wiedersehn», und weg war er, der Wirt eilte vom Tisch und verschwand in der Küchentür wie immer.

Mul war sehr verdrossen und erhob sich ebenfalls. Dann ging er zur Jukebox und machte sich an ihr zu schaffen. Er hatte den passenden Schlüssel dabei, öffnete das Seitenfach, nahm den Münzbehälter heraus und leerte den ganzen Inhalt, um ihn in seinem Sack verschwinden zu lassen.

Achill, der Bengel hatte sich wieder zu dem Mädchen gesetzt und sie fragte ihn erstaunt: «Darf der das?»

«Natürlich darf er, es ist sein Compagnon, zudem sein Vertreter und Monteur, die beiden machen das zusammen».

«Die beiden vorhin haben aber eine ziemlich saure Miene gezogen, scheint mir, vor allem der Wirt».

«Das geht dich ja auch nichts an».

«Au, du drückst schon wieder, quetsch mich doch nicht so in den Stuhl, überhaupt, nimm mal deine Pfoten weg, sonst geh ich auf der Stelle!»

«So geh doch, kommst ja doch wieder», war seine unhöfliche Antwort, aber er löste dann doch den unangenehmen Griff, als ihm Mul zuwinkte, er wollte sich nicht alles verderben.

3

Am nächsten Nachmittag war Myriam wieder dort und der Kaufmann war auch schon da. Er winkte sie an seinen Tisch, und als sie vor ihm stand, forderte er sie freundlich auf:
«Willst du dich zu mir setzen?» Das wollte sie natürlich gerne und nahm ihm gegenüber Platz. Er blinzelte sie an:
«Bist eine tolle Biene, wie alt bist du denn schon?», kam es verschmitzt unter seinem Schnurrbart hervor.
«Bin fünfzehn», gab sie erhobenen Hauptes zur Antwort. Ohne zu zögern erfrechte er sich:
«Hast ja schon eine tolle Oberweite, möchtest du, dass ich Fotos von dir mache?» Sie errötete sehr und sagte kleinlaut: «Wozu denn, ich weiss nicht». Schlau wie ein Fuchs, raunte er:
«Ich mache bestimmt schöne Fotos von dir, du musst nur deine Badehose mitnehmen und sollst in diesen Pumps mit Absatz antreten, welche du jetzt trägst». War das jetzt gefährlich?

Sie zögerte und überlegte, dass sie immer so rot würde, und gab ihm dies auch zu bedenken. Er lachte sie aus:

«Dann kauf dir ein Make-Up, das bekommst du oben in dem Warenhaus 'EPA'. Hier hast du etwas Geld!» rief er aufmunternd. Die Stimmung war sogleich ausgesprochen fröhlich, er schenkte ihr ein Bravo-Heftli und doppelte nach mit seiner Visitenkarte:

'Fred Schmidt' Musikalien, Vermietung von Jukeboxen.- «Da hast du meine Adresse, und komm morgen Nachmittag um drei Uhr, und nicht zu spät!». Der Wirt kam noch einmal zu dem Kaufmann und sie redeten eine Weile miteinander, dann ging er.

Als er weg war, durchblätterte sie interessiert das Musik-Teeny Heft. Da waren all die Stars mit ihren Gitarren und ihren reichen Kostümen abgebildet, einige standen vor Musikboxen, diesen Jukeboxen. Das war eine Traumwelt und einfach faszinierend. Dann stiess sie auf ein Inserat:

'Schluss mit Rotwerden, es ist da, das unglaubliche Heilmittel, heute noch probieren, 100 % Garantie, 1000 Danksagungen, noch heute bestellen'!

Da schoss ihr schon wieder die Röte ins Gesicht, sie spürte es sofort, unangenehm, dieses brennende Gefühl, sie kannte es schon, ohne in einen Spiegel zu gucken. Ängstlich war sie nicht, denn vom vielen Alleinsein war sie bereits geprägt und geformt, aber sie hatte Zweifel an der Einladung des fremden Herrn. Sie dachte:

«*So etwas dürfte man ja der heutigen Jugend nicht empfehlen, denn es passieren da die schauderhaftesten Sachen.* Sie jedoch, beschloss trotzdem, am nächsten Tag hinzugehen. Der Herr machte einen anständigen Eindruck auf sie, und obendrein hatte sie jetzt ein prickelndes Geheimnis.

4

Der Fototermin

Er wohnte in einem Appartement-Haus oben auf dem Dorfplatz. Um drei Uhr stand sie vor seiner Tür und klingelte mit Herzklopfen. Er war da und lud sie freundlich herein, indem er sie von oben bis unten musterte. Das Zimmer war nicht sehr gross, aber hübsch, ordentlich hell und sauber. Es duftete angenehm, beinahe wie in einem Coiffeursalon und die Sonne durchleuchtete den ganzen Raum. Aus einem Plattenspieler in der Ecke ertönte: `C'est Si Bon', sie erkannte, es war von Ives Montant aus 1958, und lauschte sogleich hin um noch ein paar französische Brocken mehr aufzunehmen.

«Ah, du verstehst französisch?» rief er. «Ja, aber haben sie auch 'Let Me be Your Teddy-Bear', von Elvis? Es ist aus 1956, Englisch hatte sie auch in der Schule!» Mit Loben hielt er nicht zurück, aber er meinte sie müsste sich nun auf das Fotografieren konzentrieren. «Deshalb die Musik, dass wir bessere Bilder bekommen», fügte er bei. Neugierig sah sie sich nach einer Kamera um und fand diese zuerst nicht. Ihr Blick schweifte unruhig im Zimmer umher:

«Haben sie kein Bett? fragte sie neugierig. Er wendete den Kopf kurz zur Seite: «Doch schon, aber es ist im Wandschrank». Der Raum war sehr übersichtlich, es gab einen kleinen nierenförmigen Tisch mit farbiger Glasplatte und zwei Sessel in Stromlinien-Design von rotem Plastik bezogen. Vorne am Fenster, halb verdeckt vom Vorhang, stand die Kamera auf einem Stativ, was sie erst jetzt bemerkte.

«Hast du das Badekleid dabei, oder schon angezogen?» Sie nickte. «Ja, dann können wir sogleich beginnen». Sie streifte ihre Jeans ab und legte sie über einen Stuhl.

«Mach einen hohlen Rücken, dass die Oberweite noch besser rauskommt. So ist recht!» Und er fing an zu knipsen. Von dort aus kamen weitere Befehle: «Drehen, Kopf hoch, zur Seite, bitte lächeln und das allbekannte 'Cheese'.

In zwei Tagen schon kannst du die Fotos ansehen und kannst eines für dich auswählen. Ich glaube das wird sehr gut». Jetzt bekam sie langsam Herzklopfen und musste ihre Aufregung unterdrücken.

«Dann muss ich dir noch etwas erklären, aber heute ist es noch zu früh». Sie rief sogleich: «Ja, was bitte?» Aber ihr schoss schon wieder die Röte ins Gesicht und sie unterbrach:

«Bitte vielmals um Entschuldigung, kann ich mich schnell etwas pudern?» Ihre Wangen glühten. Er nickte vielsagend:

«Ja, was geht denn immer in diesem kleinen Kopf vor? mach schon, hier hast du einen Spiegel, aber lass etwas dran davon, deck nicht alles ab, das ist hübsch an dir!» Und er knipste weiter, sicher etwa zwölf Bilder. Solche mit nur Büste, ein sogenanntes Portrait, und andere mit der ganzen Figur, den Beinen und den Pumps, welche so einen hübschen kleinen und spitzen Absatz hatten. Sogar die Kuppen daran waren spitz, so wie es einmal in Venedig daherkam und eben jetzt auch wieder in Mode war. Ihr fehlte nur noch eine toupierte Frisur, aber das verlangte er nicht. Obschon es ihr sehr Spass machte, wollte sie bald wieder gehen, vor allem, weil sie die Wangen brannten.

Man sollte diese Erscheinung nicht etwa unterschätzen und aus Nachlässigkeit als kein Leiden abtun; es ist ein quälendes! Er lachte sich insgeheim ins Kittchen, das sah sie genau und fragte: «Sind wir fertig?» Dann zog sie sich schnell wieder an. Er kicherte immer noch, dann begleitete er sie zur Tür und sagte zum Abschied: «Ich bin der Fred und du kannst mich jetzt duzen. Also komm wieder, bis in zwei Tagen, gleiche Zeit».

5

Parkplatz

Die Sommerferien hatten längst vor zwei Wochen begonnen und sie hatte nichts zu tun, so schlenderte sie schon am nächsten Tag wieder zu der Jukebox hinauf. Da sah sie auch wieder Fred, wie er ums Haus des Tea-Rooms verschwand. Sie folgte ihm in einem gewissen Abstand, so, dass er sie nicht sehen konnte.

Er ging auf einen der luxuriösen Amerikaner-Schlitten zu, wo ihn der zweite Mann, jener vom letzten Mal im Tea-Room erwartete. Sie begrüssten sich scherzend und lachten miteinander. Der eine stand vor einem Plymouth, daneben parkte ein Chevrolet. Die Autos hatten phantastische Kühlerfiguren z.B. einen Adler, wie aus Silber, prächtig geschweifte Stoss-Stangen in Chrom, Scheinwerfer wie Augen und bezaubernde Gitter am Bug, die Myriam an ein offenes Haifisch-Maul erinnerten. Weiter hinten stand ein schwarzer Thunderbird.

Die Männer sprachen ziemlich aufgeregt und liefen um das Auto des Kollegen herum, öffneten die Hecktüren, nahmen einen Meter zur Hand und machten Abmessungen. Dann kamen sie wieder nach vorn zu den Seitentüren, nahmen auch dort Mass.

Eine Seitentüre fiel beinahe auseinander, und der Copain holte eine Büchse mit Leim aus dem Fussbereich im Wagen, und begann mit einem Pinsel das Seitenfach an der losen, flatternden Türe zu verleimen. Es kamen noch ein paar starke Klebebänder dazu und fertig war das Prozedere. Sie stiegen ein und fuhren nach mordsmässigem Gebrumm und mit einigem Getöse los, sie mussten nämlich zuvor noch den Joker betätigen. *Das ist also ein Oldtimer, dachte Myriam, und die beiden haben keinen Krach und kommen gut aus miteinander, obschon die so aufgeregt waren. Wieso sollten sie auch Streit haben, aber der andere kam mir letzthin so komisch vor, als er ins Lokal kam, als ob sich etwas im Hintergrund abspielen würde».*

«Das wäre etwas für meinen armen Papa, der nur einen alten Fiat hat», sagte sie zu einem Jungen, der auch interessiert danebenstand, und jetzt auf sie zukam. «Kennst du die zwei?» fragte er forschend. «Der Junge, der immer bei dir sitzt, hockt mit denen unter einer Decke, das sind alles Hochstapler, Gangster, sage ich dir!» Sie schüttelte energisch den Kopf und er lief wieder weg, indem er ihr noch zurief: «Die sind nichts für dich, scheint mir eine Nummer zu gross!»
 Vater war vor ein paar Tagen mit der Mutter in dem alten Schlitten in die Provence gefahren und die Tochter war allein zurückgeblieben. Soeben war eine wunderschöne Postkarte aus Frankreich eingetroffen und sie versicherten der

Tochter, dass es bezaubernde Ferien wären. «Die haben es gut!»

Aber sie freute sich auf den nächsten Tag, wegen den Fotos, da würde sie zum ersten Mal die Bilder von sich sehen. Diese bekam sie dann auch zur Ansicht, als sie zum vereinbarten Termin bei Fred erschien.

6

Ein Angebot

Atemlos stand sie vor Freds Türe und läutete kräftig. Er kam hervorgestürmt und öffnete. Sie trat ein: «Und jetzt, was machst du damit?» fragte sie gespannt wie ein Regendach.

«Wir können da vieles machen, z.B. Werbebilder, in Katalogen oder Zeitschriften, aber da musst du noch deinen Papa fragen, ob er einverstanden ist!» Sie machte Glotzaugen und steckte die Bilder vorerst mal ein: «Aber wieso denn?» Nach einer Pause und einigem Nachdenken sagte er bloss:

«Du bist erst fünfzehn!» Sie verstand, aber sie war enttäuscht. Wieder nach einer kurzen Pause fuhr er weiter:

«Nur, ich habe da noch einen anderen Vorschlag. Es ist etwas mit meiner Freundin, der Tamara, einer Super Mulattin und ein paar anderen Mädchen und Damen. Sie ist Tänzerin in einem Nachlokal im Kreis 4 an der Langstrasse, dort im Milieu. Schreckt dich das?»

«Wie heisst das Lokal?»

«Es ist das, na wie heisst es schon, das-, das Olé, aber dass du mir da ja nicht reingehst!»

Sie sagte nichts und er fuhr weiter:

«Ich und mein Freund planen eine Miss-Wahl mit etwa zwölf Frauen und Mädchen zu veranstalten. Eine Schönheitskonkurrenz. Du könntest da auch mitmachen, wenn du willst. Geht nur einen Tag. Brauchst deinen Namen nicht anzugeben, stellst dich einfach daneben. Es ist in einem Restaurant im Thurgau. Dort habe ich auch eine Musikbox, die magst du doch?» Etwas zündete bei Myriam:

«Ja, ja», sagte sie gedehnt, und er forschte weiter: «Also ja?

Dann habe ich aber noch eine andere Bitte an dich. Kannst du etwas nähen? Kannst du eventuell auch etwas mit einem Pinsel malen, oder schreiben?» Verwundert sah sie ihn an:

«Ja, ja, das kann ich, was ist es denn?» Er zeigte auf weisse, lange Repps Bänder die auf dem Tisch lagen.

«Diese sollst du zusammennähen und beschriften mit Zahlen von 1 bis 12. Hast du Farben?» Sie nickte: «Das habe ich, mein Vater hat alle Farben, er ist der grösste Maler, das weiss ich, das kann ich».

Ihr schwoll beinahe der Kamm.

7

Hobby-Malerei

Ihr Vater war nebenbei Maler und hatte den ganzen Wandkasten voller Farbtöpfe und so machte sie sich zuhause an die Nähmaschine und an die Farben ran. Der Wandkasten war für sie immer wie ein Tresor oder eine Schatzkiste. Sein Duft verströmte im ganzen Korridor den Geruch von Terpentin. Sie liebte diesen Duft. Dabei gab es unzählige andere Töpfe und Büchsen mit Leinöl, Firniss, Salmiak, Ammoniak, Nitroverdünner und natürlich Lackbüchsen, Meerschwämmchen, Kessel mit Pinseln in allen Grössen, Breiten und Längen. In schwarz und Silber Menning malte sie schöne grosse Zahlen. Dabei benutzte sie die Schablonen aus dünnem Metal. Die 12 übermalte sie nochmals mit Goldbronze. Sie verschmierte sich dabei gehörig die Finger, aber das Ergebnis wurde wunderbar und wie gewünscht, so fand sie.

Nun war sie so richtig in ihr Element gekommen. In der Zwischenzeit, in der sie die Farbe auf den Bändern trocknen lassen musste, malte sie etwas für sich auf einer freien Leinwand, wie sie es schon öfter in ihrer Freizeit tat. Solche standen immer einige an der Wand, kleine und grössere. Wenn sie aufgebraucht d.h. bemalt waren, ging Mama damit in die Stadt um sie zu verkaufen. Lauter naturgetreue Landschaften, Waldwege mit hohen Bäumen, andere mit Wiesen und weit entferntem, blauem und violettem Horizont, was dann die Berge darstellte. Die Wolken fehlten auch nie. Er malte auch leuchtende Kornfelder mit den blauen Kornblumen und rotem Mohn dazwischen, Wege mit dunkelgrünen Pappeln, gesäumte Landstriche mit Hecken und wieder fantastischen Wolkengebilden. Man hätte das auch kitschig nennen können, aber Papa sagte immer zu ihr:

«Wolken, Bart, Baum und Haar, das malt nicht jeder Narr». Oft bewunderte sie ihn bei seiner

Malerei, bei der fachmännische Hinweise fielen wie Sepia, Umber, Ocker, Terracotta, Zyan und Magenta, Marineblau und Firnis etc. Sie überlegte sich, ob sie es mit einer so farbenprächtigen Jukebox probieren sollte, mit viel Zinkweiss könnte es gehen, aber sie scheute sich denn doch noch vor der Genauigkeit, die so etwas erfordern würde, und für Abstraktion fehlte ihr noch der Sinn.

So malte sie eine Clown Szene mit einem grossen schwarzen Flügel. Mit schwarz begann sie
die Konturen und einige Schattierungen, aber
verdünnt. Denn Clown legte sie bäuchlings auf
den Flügel, sodass er als Linkshänder spielte,
dass man ihn von vorne sehen konnte, und
dadurch der ganze Flügel von vorne unverdeckt

sichtbar blieb. Jetzt hatte sie das Objekt ihrer Wünsche in ein Bild gebannt und danach stand der imaginäre Flügel in ihrem Zimmer. Ihren Vater hatte sie immer verschont mit solchen Wünschen, und das Geld, das sie sich immer selber verdient hatte mit allerlei Dienstleistungen, und den Blumen, das hätte nie gereicht.

Oft hörte sie einen Flügel oder ein altes Klavier aus der Nachbarschaft und rang die Hände vor Neid.

«Ich würde nicht so schrecklich klimpern», dachte sie immer zum Trotz. «Geh ich eben mit meinem neuen Bild zum Tea-Room hinauf, vielleicht stellt es der Wirt aus, oder ich kann es teuer verkaufen».

Nach zwei Tagen marschierte sie mit ihrem bemalten Bänder-Werk zum Dorfplatz hinauf. Fred lobte sie sehr, und sie wartete, ob da was herausspringen würde für ihr Taschengeld, wartete und sagte nichts. Er schob ihr aber ein paar Münzen hin. «Bald sind wir so weit», meinte Fred zufrieden. Jetzt wusste sie nur nicht so recht, ob sie da auch wirklich mitmachen würde, ob sie wollte, ob sie vielleicht doch sollte, bei der Misswahl, dieser Schönheitskonkurrenz, und mit hinaufsteigen könnte auf die Bühne, ohne Lampenfieber? Fred sagte in etwas ernsterem Ton: «Jetzt musst du mir aber sagen, ob du dabei sein willst an der Wahl, wir machen da eben die Liste und müssen nämlich die Namen ankündigen; bei dir genügt aber der Vorname». Da sie ja immer auf Abenteuer aus war, sagte sie am Schluss zu. Er schmunzelte nur:

«In ein paar Tagen ist der Termin, bis dahin bleib gesund und vergiss dein Make-Up nicht, und die Badehose, eine schwarze, wenn du hast!» Ihr Herz klopfte wild vor lauter Spannung und Vorfreude.

8

Die Leere

Inzwischen ging sie täglich zur Jukebox hinauf und träumte bei der Musik vom Erfolg und schmolz förmlich dahin. Für nichts anderes mehr hatte sie Augen, auch nicht für den Jungen, wenn der ab und zu an ihrem Tisch vorbeistrich. Das 'Bravo' Heftli lag wieder vor ihr, und sie las eifrig etwas über Dalida, von ihrem Song 'Come Prima', aus 1957. So vergingen ein paar Nachmittage. Sie konnte auch ihr Bild ausstellen, denn dem Wirt gefiel es sehr. Es tat sich ihr sogar eine neue Chance auf. Der Kompagnon von Fred erschien wieder im Lokal und versprach ihr, das Bild zu verkaufen. Er gab sich als erfolgreicher Händler aus und sagte ihr in vertrautem Ton: «Das Bild geht weg wie warme Brötchen!»

Dann sprach er wieder mit dem Wirt und machte einen vertrauensvollen Anschein. Er sagte zu dem:

«Die Jukebox muss ausgetauscht werden, das ist unser Prachtstück, und ist nicht vorgesehen für den Monatsvertrag». Der Wirt schüttelte bloss den Kopf und erwiderte:

«Dann stellen sie mir eben eine andere hin, wird ja auch gehen». Ihm war das Ganze langsam zu blöd und er wollte nur noch seine Ruhe haben. Der Kompagnon verliess hämisch das Lokal, zusätzlich mit dem Bild von Myriam unter dem Arm. Und so kam es:

An einem schönen Tag, es war der vierte, da war die Jukebox auf einmal nicht mehr da, wo einmal die Dominante thronte. Achill, der sich immer zu ihr gesetzt hatte, und ihr von seiner Liebe schwärmte, war auch nicht mehr da. Auch am nächsten Tag erschien er nicht, aber sie hatten ja nichts abgemacht und es war ihr eigentlich egal.

Er störte sie mehr in ihren Träumen. Auch dachte sie immer nur an ihre Eltern, ihren Papa, den sie doch immer noch viel mehr liebte als alles andere und auch an die liebe Mama. Die beiden fehlten ihr sehr.

Dabei dachte Myriam an ihren Streit, den die Eltern in letzter Zeit hatten und war froh, dass Papa die geniale Lösung mit den Reisen gefunden hatte. Mit denen konnte er Mama immer trösten, welche oft traurig war, weil sie bald den Garten aufgeben mussten, der Pachtvertrag war abgelaufen und das Land wurde verkauft. Dann war also Schluss mit Blumenverkaufen, ihrem sehr einträglichen Nebeneinkommen. Aussichtslos, nichts mehr zu machen.

Auch Myriam sass jetzt etwas traurig im Lokal, das ihr so, ohne Jukebox leer vorkam. Als dann der Wirt endlich an ihrem Tisch vorbeikam, rief sie ihn an:

«Wo ist jetzt die Jukebox, die kommt doch wieder?» Der Wirt machte ein langes Gesicht und kratzte sich am Kopf: «Ja, ja sicher, mit der Zeit, die ist bald wieder da, sie ist nur in Reparatur, besser gesagt in Revision, sie muss ab und zu überholt werden, das ist Service». Damit war das Mädchen beruhigt.

9

Die Abfahrt

Nach einer Woche war der Termin zur Abfahrt
in die Ostschweiz. Auf dem Parkplatz hinter dem
Tea-Room musste Myriam warten. Der Freund
von Fred erschien mit seinem Plymouth und
auch Fred fuhr einen noch grösseren, und noch
schöneren auf den Platz, einen Chévi. Die Sitze

waren in beiden Wagen bereits pummsvoll mit schrillen Weibern belegt. Sie konnte sich gerade noch zwischen zwei vollbusige, hübsch bemalte Damen hineinzwängen. Die Wagentüren klappten zu, und sie fuhren voll beladen in den Thurgau, St.Gallen, nach Will. Sie fuhr im Auto von Mul, dem Partner von Fred. Aus dem Autoradio erklang die neuste Single von Dalida, 'Am Tag als der Regen kam'. Aber der Himmel war blau und es war prächtiges Wetter, und es war heiss.

Inzwischen musste ihr Fahrer mal anhalten und seine Wagentüre wieder flicken, indem er wieder die Leimbüchse hervorholte, die neben dem Bremspedal stand. Sie hätten schön an Tempo verloren und nur noch gebremst, wenn die Büchse ausgeflossen wäre, oder wenn die Wagentüre angefangen hätte zu klappern und flattern. Es kam aber nicht so weit. Herr Mul hatte alles im Griff.

«Als nächstes macht er einen Platten!» grinsten die Ladys:

«Oder er schmiert dir den Leim auf deinen Sitz, dass du nicht mehr raus kannst!» zischte eine zu ihr hinüber. Als er fertig war mit seiner Reparatur, die Myriam stark an Kosmetik erinnerte, ging es wieder weiter. Obschon die Fenster geöffnet waren, befand sie sich in einem Dunst von deodoriertem Schweiss und Parfüm aller Sorten, und sie fürchtete, dass es ihr gleich schlecht wird. Sie sah nur immer geradeaus, nach vorn, nicht mehr links noch rechts.

Aber dies war nicht nur wegen der Parfüms, sondern wegen der Fahrweise von Mul. Er hatte immer volles Tempo, und in den Kurven lagen die Insassen wie geölte Sardinen aufeinander. - - Der Fahrer war eigentlich ganz nett, lächelte meistens, und hatte weiche Gesichtszüge mit feiner Haut und braun gewelltes Haar. Die oberen, dichten Locken der Frisur waren länger und brachten so die schönen Wellen zum Ausdruck, Nacken- und Ohrenpartie war sauber geschnitten.

Erst jetzt bemerkte sie, wie hübsch er war. Durch den Rückspiegel betrachtete er jeden Augenblick die Damen hinter ihm, welche auch immer in ihre kleinen Spiegel guckten. Neben ihr wurde fleissig gepudert, und die eine Dame neben ihr, fuhr auch ihr mit etwas Make-Up und odoriertem Talkum übers Gesicht.

Sie hatte Strümpfe an, welche ihr etwas übers Knie reichten und Myriam konnte ihre Strumpfbänder sehen.

«Braucht man die?» fragte sie die Dame leise. Die lachte: «Ja, manchmal schon, aber nein, wir treten alle in Badehosen auf. Bist schon ok, wie du bist».

Sehr beruhigend, dachte das Mädchen. Die Nachbarin begann jetzt zu kritisieren:

«Aber deine Frisur, du musst noch toupieren, so geht das nicht, entweder du machst Ballon-look, oder Turm.» Sie fuhr mit ihren langen, lackierten Nägeln durch Myriams Haar, das einfach runterhing.

«Wir zwei gehen dann noch extra auf die Toilette miteinander!», ermahnte sie spöttisch. Dann verteilte sie noch die Bänder im Wagen. Myriam erhielt die Nr. 6. Dabei dachte sie:

«Und ich gehe nicht auf diese Bühne, wartet nur! Das sind ja alles Nutten hier drin, und wo ist jetzt die Tamara, Freds Freundin? Müsste eine dunkle sein, als Mulattin wie er gesagt hat. Aber die ist wohl bei Fred drüben, hier ist sie jedenfalls nicht. Die ist vielleicht Tänzerin, aber die hier, das sind eher Stripperinnen.»

Die Fahrt ging in rasendem Tempo voran, sodass sie von der Landschaft kaum etwas sahen.

10

Misswahl

Als sie etwa in knapp einer Stunde vor einem
grossen Landgasthof ankamen, waren die anderen schon da, und sie mussten sich beeilen. Sie
ging direkt zur Toilette, und musste sich erst mal
übergeben und versuchte beim Würgen so laut-
los wie möglich zu sein. Sie wusch sich und
spülte den Mund, so gut sie konnte, und machte
lange herum. Dann wartete sie auf die Dame
vom Auto und sann hin und her. - -

Da erschien eine junge, hübsche Frau, eher noch
ein Mädchen, ein Gast, wie es den Anschein
hatte, und Myriam stand vor den Spiegeln neben ihr. «Fühlen sie sich nicht wohl, ist ihnen
schlecht?» fragte sie. «Sie sind ja kreideweiss».
Myriam lächelte in ihr Spiegelbild, wobei sie die
Fremde anredete:
«Ei, das schöne Haar, sie sind aber eine hübsche
Dame!» Jene sprach zu dem Spiegelbild:
«So, warum, meinen sie?» Heuchelnd gab Myriam zur Antwort:
«Ich hätte da etwas für sie! Können sie improvi-
sieren? Wollen sie nicht auch an der Misswahl
teilnehmen? Sie könnten für mich einspringen,

sie haben richtig gesehen, mir ist nämlich schlecht. Ich gebe ihnen meine Badehose und mein Band, und schon können sie mit den anderen auf die Bühne steigen. Das merkt kein Mensch und sie werden Glück haben und gewinnen, sie sind viel schöner als alle anderen zusammen!», log sie weiter.

Die andere war gar nicht zimperlich, sondern sofort begeistert, vor allem wegen dem unerwarteten Kompliment, und gerne einverstanden. Offenbar liebte auch die das Abenteuer. Sie bekam die Badehose und verschwand damit in eine Kabine und Myriam schlich davon in Richtung Telefonkabinen. Das war für den Moment die rettende Lösung, wie war sie doch froh! Sie lauerte etwas im abgedunkelten Hintergrund des Saales und wartete. Alsbald bestieg die Neue die Bühne mit den anderen Damen. Alle hatten so viel zu tun, dass niemand etwas merkte.

Fred war mit der Jukebox völlig beschäftigt, füllte Singles ein, überholte den Münzkasten und hatte keine freie Minute, um des Weiteren das Ganze zu überblicken, bis es los ging. Aber auch da passierte nichts, was etwas hätte verraten können. Und dann ging es doch auf einmal richtig los, Die Jukebox dröhnte in voller Lautstärke durch die Lautsprecher, die Damen auf der Bühne übten ihre Schritte und gingen hintereinander rundum auf und ab. Das Publikum klatschte lautstark, sicher gab es da noch einige Klacköre!

Er blickte sich zwar etwas irritiert im Saal um wie, wenn er etwas suchen würde, als die zwölf Nummern durchs Mikrofon verlesen wurden. Die Damen liefen durch das aufgeheizte, grölende Publikum, bestiegen wiederum die Bühne, eine nach der anderen und stellten sich nun in Position. Dutzende Blitzlichter flimmerten hektisch durch den Saal zur Empore hinauf, es wurde eifrig fotografiert. Aus dem Wurlitzer ertönten die Songs von den Wheels und allen anderen Platzhaltern wie Elvis Presley, Peter Kraus, etc. denn dem Landvolk musste auch in Deutsch gesungen werden, es folgte Dalida, Nana Mouskouri und viele andere. Dazu machten die Badehosen-Girls ihre Parade auf den hohen Absätzen.

Ein Gitarrist kam auf die Bühne und schrummte über die Saiten. Die Gäste begaben sich auf die Tanzfläche, und andere warfen Zettelchen in die Urne. Es wurde gewählt. Es wurde Bier ausgeschenkt und Schinken serviert, manche nagten schon an einem Eisbein und Pommes, wo Myriam natürlich auch mithielt um sich wieder zu stärken. So wie sie sich unter die Gäste gemischt hatte, fiel sie kaum auf.

Danach ging sie an die frische Luft und freute sich wie ein Hamster. Sie zog die frische Abendluft ein und fühlte sich wieder puddelwohl. Um neun Uhr abends war der ganze Spass vorbei. Sie zwängte sich wieder zwischen die tollen Dollys und ab ging es, zurück nach Zürich.

Diesmal sass sie im Wagen von Fred. Er blickte zu ihr hinüber und fragte: «Hast keinen Mumm gehabt? Wo warst du denn die ganze Zeit?»

Myriam log, sie hätte mit einem Gast tanzen müssen. Ablenkend fragte sie:

«Wo ist denn nun die Tamara?»

«Die sitzt jetzt bei Mul drüben, er muss sie zurückbringen ins Olé. Um elf Uhr beginnt ihre Show. Nun bist du also nicht dabei, schade, es wird die Nummer 6 fälschlicherweise unter deinem Namen im Thurgauer Blatt erscheinen.

Sie ist auf Platz 2 rausgekommen, nicht schlecht, oder?» «Das sind ja Lorbeeren, das ist ok für mich», flötete Myriam. «So, so, meinst du?» Sie hätte ihn ja fragen können, welcher Platz für sie gewesen wäre, aber es interessierte sie schon nicht mehr. Mit ihren Gedanken war sie schon wieder an einem anderen Ort. Sie hatte ihren Spass gehabt und damit war sie zufrieden. Diese Nacht schlief sie besonders gut.

11

Schluss

Aber am nächsten Tag, als sie ihrem blassen Schwarm begegnete, es war der Achill, der Junge vom Tea-Room, der immer so verliebt in sie war, oder so tat, hatte er eine böse Miene und machte Schluss mit ihr:

«Ich habe dein Foto gesehen, Mul hat mir eins gegeben!» Im Moment war sie ganz erschrocken: «Wieso, was hast du denn?» fragte sie betroffen.

«Du weisst schon, und ich weiss auch wo du dich die ganze Zeit herumtreibst. Unsere Abmachung hast du glatt vergessen, und jetzt ist Schluss!» Sie zuckte mit den Schultern:

«Gib mir sofort das Foto, das brauchst du nicht!» Er zögerte, da wurde sie wütend:

«So geh doch, du dummer Kerl, du langweilst mich! Und sage dem Mul, dass er mir mein Bild von dem Clown am Flügel zurückgeben soll!»

Sie wurde nicht einmal rot, und fühlte sich wieder frei, und nur das wollte sie sein, keine langweiligen Abmachungen, oder Dates, wie man heute sagt, keine ewige Gegenwehr. Er ignorierte die Abwehr sowieso immer und wollte sie nichts als drängen. Bei seinen Umarmungen hatte sie stets das Gefühl, dass er sie in den Schwitzkasten nehmen würde um seine Überlegenheit über sie zu beweisen. Er war für sie ein Lückenbüsser, mehr nicht, als sie ihn durchschaute. Er war da, weil die Eltern nicht da waren, jetzt war sie ihn los und war direkt froh.

12

Die Dorfkirche

Im Tea-Room gab es jetzt keine Jukebox mehr, und so schlenderte sie zur kleinen Kirche hinauf, dort gab es vielleicht etwas Orgelmusik. Wie oft hatte sie doch schon zuvor heimlich in dieser Kirche in den kargen Holzbänken gesessen und dem gewaltigen Brausen der Orgel gelauscht. Das war ein Genuss, auch weil es immer so schön kühl dort drin war, vor allem im Sommer! Es ertönte das Largo von Händel oder das Ave-Maria, welches sie von Vaters Heimorgel her gut kannte. Sie probierte sich noch nicht auf den Tasten, hatte noch genug mit Handharmonika Stunden zu üben, und schrummte bloss ein wenig Akkorde auf einer alten Gitarre. - -

Wieder ein paar Tage später, sie wollte eben zur kleinen Kirche hinauf, wo über Mittag, das wusste sie inzwischen, ein Organist übte, da begegnete sie Fred auf offener Strasse. Ein paar Autos fuhren hastig an ihr vorbei und hupten lautstark, die Kirchenglocken schlugen zwölf, sehr laut, und sie rief:

«Hallo Fred!» noch lauter. Er sah sich um und gab ihr ein Zeichen mit der Hand, und schüttelte leicht den Kopf und lief weiter, auch in Richtung Kirche. Dort wartete er auf sie und sprach, als niemand zu sehen war:

«Du solltest mich nicht so auffällig auf offener Strasse anreden. Du kannst etwas mit dem Kopf nicken, so wie ich, aber du sollst mich nicht anreden, oder so laut rufen!» Sie war etwas erschrocken: «Aber warum denn?» Seine Augenlider waren halb unten und so bekannte er sich:

«Hör mir zu, du bist noch minderjährig und ich könnte Schwierigkeiten bekommen. Ich habe auch etwas vernommen von deinem letzten Freund. Er spricht schlecht über mich, und am Schluss auch noch über dich. Also sei vorsichtig, mit deinen Boys!»

Sie holte tief Luft: «Ja, ja, ich weiss schon, aber ich kann nichts dafür, die Freundinnen sind alle in den Ferien, dann sehe ich wieder einen und verliebe mich quasi immer wieder aufs Neu. Ich bin schon wieder in einen anderen verliebt, oder wie man dem sagt. Sogar in zwei, und weiss nicht in welchen von beiden mehr», so versuchte sie zu bluffen und dabei grinste sie etwas verlegen.

Das war natürlich alles gelogen, sie hatte gar keine neuen Freunde. Er machte ein sorgenvolles Gesicht:

«Du bist zuviel allein!» das sagte er in sehr ernstem Ton. «Hast du nichts zu tun?» Sie verteidigte sich:

«Ich male etwas, ich male schöne Bilder! Mul hat eines von mir mitgenommen und will es für mich verkaufen!» Seine Augen blitzten in den Winkeln hin und her:

«Du darfst dem Mul nicht vertrauen, das ist ein Filou», auch Fred lächelte jetzt ein wenig, doch er blieb ernst:

«Du brauchst etwas, wo du nicht allein bist. Melde dich doch mal als Lift-Girl. Oskar Weber, das Warenhaus an der Bahnhofstrasse, sucht welche!» Sie entgegnete: «Aber die Musik, die Jukeboxen, gibt es da nicht etwas? Wann bringst du die Musikbox wieder?» Er hob den Kopf:

«Sie ist in Reparatur, eigentlich fertig, aber mein Auto ist auch in der Werkstatt, also muss ich warten». Er konnte sie damit nicht überzeugen und sie fragte weiter:

«Und Mul, kann nicht er das transportieren?» «Er ist in die Ferien gefahren, weiss nicht wohin!»

«Aha, mit dem Geld aus der Musikbox, ich habe es selber gesehen», gab sie kühl von sich. Er versuchte sie zu beruhigen, aber er musste zugeben:

«Mit den paar Münzen kommt er nicht weit, ja wenn es nur das wäre». «Was ist es denn noch?» forschte sie jetzt hellhörig.

«Es fehlt das Geld von den Monatsraten und sogar von einem Kaufvertrag in der Kasse, aber der
kann warten, mit dem werde ich schon fertig!»
«Er betrügt dich!» rief sie aufgebracht.

Er schwieg eine Weile und wurde sehr nachdenklich. «Also wegen den Boxen, die gibt es
überall in den Tea-Rooms in der Stadt unten. Die
findest du dann schnell in deiner Freizeit, die
sind häufig in der Nähe vom Warenhaus mit
dem Lift».

Sie war etwas enttäuscht und beschloss ihre
restlichen Sommerferien im Tessin zu verbrin-
gen. Am nächsten Tag fuhr sie mit dem Zug nach
Locarno, Losone und nahm Quartier in der Ju-
gendherberge. Dort träumte sie an der Maggia
vor sich hin und vergass alles, das von der Schule
und einfach alles. Als sie endlich zurück kam
hatte sie um einige Wochen überzogen und es
erfolgte der Schulausschluss. Aber das ist eine
andere Geschichte.

13

Lift-Girl

Immer noch enttäuscht, aber braun gebrannt meldete sie sich in dem Warenhaus als Lift-Girl. Sie nahmen sie sofort. Aber sie wurde schon etwas ausgefragt:

«Schulabgängerin, so früh», stutzte der Chef. Sie erklärte selbstbewusst:

«Das sieht bloss so aus, ich ging schon mit sechs Jahren in die erste Klasse und jetzt bin ich fertig!». «So, so, dann fang gleich an», lachte der Chef und stellte sie für eine Probezeit von zwei Monaten ein.

In dem Warenhaus gab es in der obersten Etage, direkt vor dem Liftausgang einen Charcuterie-Stand mit einem Verkaufslehrling. Sofort wurde der aufmerksam auf sie und warf ihr glühende Blicke zu. Völlig harmlos, und anscheinend ohne Absichten, stellte er sich zu ihr in den Fahrstuhl. Nachdem der die ganze Zeit mit ihr im Lift auf und ab fuhr, gab er sich als der tolle Max aus und wollte auch ihren Namen wissen. Er konnte einfach nicht aufhören damit und seine Gedanken

waren nur noch bei dem Mädchen und dem Lift.
Beides machte ihm so ungeheuer Spass.

Auf- und abfahren, kein Fleisch mehr ansehen,
dachte er immerzu.

«Weisst du zufällig, wo es eine Jukebox gibt?»
fragte sie ihn neugierig.

«Die kann ich dir sofort zeigen» gab er stolz von
sich. Nach Feierabend gingen sie in einen zwei-
stöckigen Tea-Room an der Schipfe, direkt an
der Limmat. Da sassen sie bis spät in der Nacht,
oben neben der Musik-Box, und schauten über
den Fluss, durch die grossen, runden Glasschei-
ben, auf den beleuchteten Fluss hinab, und wer
sagt es denn; auch schon bald eng umschlun-
gen!

Welch ein prächtiges Farbenspiel doch in den
dunklen Fluten schimmerte und das Licht der
beleuchteten Fenster das sich wiederspiegelte!
Wieder mal so ein Traum.

Aber eben, auch er, wie es so geht, wollte immerzu küssen, so ein Schmuser war das. Sie
musste sich immer wieder wehren, beide waren
allein oben und niemand sah hin. Oder doch?
Denn bald schon kam eine Karte auf den Tisch
serviert. Die Wirtin stand an ihrem Tisch und

war ziemlich empört und schimpfte: «Sie müssen gehen, das dulde ich nicht!»

'Bedienung beendet, Konsumation bezahlt, bitte verlassen sie das Lokal!

Sie mussten sich wohl oder übel erheben, es war auch schon spät genug. Dann kam es wie es kommen musste, etwas war durchgesickert. Der Metzger-Lehrling bekam von Oskar Weber die Kündigung wegen seinen vielen, andauernden Liftfahrten mit ihr. Noch bevor die Kundschaft den Lift betreten konnte, drückte er rasch auf den obersten Knopf und es ging gleich wieder nach oben. Er liess die Kundschaft gar nicht erst einsteigen und wenn Myriam sich wehrte, nützte es nichts, er war immer schneller. Sie durfte noch bleiben, aber sie sah ihn nie mehr. - -

14

Die Hiobs-Botschaft

Auch Fred sah sie seither lange nicht mehr. So fuhr sie mit dem Lift auf und ab und war wenigstens nie mehr allein. Es wurde Winter, und anstatt in einem tollen Ami-Auto zu fahren reiste sie nun mit dem lokalen Bus zurück in die Vorstadt. Später, als sie aus einem Welschland Jahr wieder nach Hause kam, fiel ihr ein Zeitungsartikel in die Hände. Es handelte von Jukeboxen und ihr Interesse war hellwach. Aber, was war da noch, was stand da in der Kriminalrubrik des Zürcher-Tagblattes, mit dem Namen Fred S., den kannte sie doch? Auch der Blick machte Schlagzeilen, und das war die Meldung;

EIN GERISSENER BETRÜGER

Ein Kaufmann zieht die dummen Wirte über den Tisch! Er verkauft ihnen immer die Eine, die Gleiche Musik-Box. Er schliesst haufenweise befristete Miet-Verträge ab und hat nur zwei, oder vielleicht drei solche Boxen. Die rangiert er von einem Kunden zum andern, noch bevor der Vertrag abgelaufen ist, mit dem Vorwand, er müsste diese in die Reparatur nehmen. Es gäbe unumgängliche, sehr wichtige Revisionsarbeiten. Dies tat er sogar mit Kunden, welche nicht nur Mietverträge, sondern Kaufverträge auf Abzahlung hatten. Zum Beweis legte er verkratzte Singles auf, so die Vermutung, um zu überzeugen, und so prellte er die Wirte. Die Anklage lautet auf Betrug mit Androhung auf sechs Jahre Gefängnis und Zuchthaus. - - -

Jetzt dämmerte ihr etwas. Deshalb war die Jukebox aus dem Tea-Room verschwunden und nie mehr aufgetaucht. Deshalb fuhren sie mit solchen grossen Ami-Fässern in der Gegend herum. Sie mussten doch die wertvolle, und sicher schwere Jukebox transportieren können. Extra Transportkosten waren für sie vermutlich zu teuer.

Nach einiger Zeit trudelte ein Brief aus der Strafanstalt Regensdorf in ihren Briefkasten ein. Der Vater brachte ihn herauf und machte Augen wie Teetassen. Er pfiff durch die Zähne:
«Etwas für dich, aus dem Zuchthaus, an Fräulein Sowieso». Er fragte nicht, als sie sich an den Tisch setzten. Gemeinsam öffneten sie das

dubiose Couvert und sie lasen mit Spannung, aber auch mit Anteilnahme den Brief, der lautete so:

«Liebe Zuckerbiene, ich bin jetzt da und habe keine gute Zeit mehr. Wie geht es dir? Malst du immer noch? Spielst du immer noch Gitarre, oder wieder deine Handharmonika? Ein Brief von dir würde mich sehr freuen. Herzliche Grüsse F.S.

Der Vater sass mit erstaunter Miene neben ihr und schüttelte den Kopf: «Ich habe den Zeitungsartikel auch gelesen und dachte an den Fred, von dem du mir immer erzählt hast.

Das tut mir leid, er war ein kaufmännisch Angestellter ohne Arbeit, und soviel ich weiss, ein anständiger Kerl. Ein Bürogummi war das allerdings nicht, er hatte Ideen und Fantasie, aber leider kein Glück. Er hat es probiert, hat etwas gewagt, aber es ist ihm nicht gelungen. Und sein Freund oder Kompagnon liess ihn vermutlich auch im Stich. Von ihm habe ich jedenfalls nichts gehört».

Myriam pflichtete ihm bei:
«Ja, die Sache wuchs ihm über den Kopf, er konnte nämlich nicht fristgerecht liefern und

transportieren, weil sein Auto kaputt war, das hat er mir selber gesagt». Jetzt gab auch der Vater seiner Ansicht Luft:

«Ich denke auch, ein Verbrecher war das nicht. Er wollte keine Wirte prellen, er hat sich einfach verrechnet, oder verspekuliert, und dann geriet er in die Patsche». Die Tochter nickte:

«Das tut mir auch leid, das war ein Riesenunglück, du hättest sein Advokat sein sollen». Und Vater übernahm wieder die Verteidigung:

«Die anderen, welche die Kriege angezettelt haben, das sind die Halunken, diese gehörten eingesperrt. Weisst du noch, wie wir nach dem Krieg dastanden, wie wir Flaschen gesammelt haben und nicht arbeiten durften. Erinnerst du dich noch an die Streikzüge? Weisst du noch wie sie die Streikbrecher aus den obersten Stockwerken aufgespürt, heruntergeholt und zusammengeschlagen haben, dass man es bis zu uns auf die Strasse hinunter hören konnte. Du bist doch damals auch mit mir in den Streikzügen marschiert. Du hast doch auch gesehen, wie das blutig zu und her ging!».

Myriam konnte sich gut erinnern, obschon sie damals erst fünf Jahre alt war: «Der arme Kerl», und sie bekam noch mehr Mitleid mit Fred.

Jetzt begann der Vater über seine eigene Zeit nach dem Krieg zu sprechen:

15

Untreue Geschäfte

«In den Nachkriegsjahren, vor allem während der Streiks der Gewerkschaften, hat mancher dies als seine Chance gesehen und nützen wollen, und versucht ein eigenes Unternehmen zu gründen. So mancher wollte da sein Glück machen. Das war aber etwa gar nicht einfach und mit vielen Risiken verbunden.

So hatte auch ich es probiert mit einem eigenen Malergeschäft. Ich hatte einen Kompagnon, der war leider nicht ehrlich, denn der riss mir die Aufträge unter dem Nagel weg und machte es in eigener Sache, sobald genug Aufträge da waren. Er erdreistete sich sogar, mir die Leitern und alles nötige Werkzeug und Material aus unserer kleinen Werkstatt wegzustehlen, er sagte dem 'Ausleihen', aber um die verbliebenen Aufträge auszuführen, fehlte mir jetzt das Werkmaterial. Die Mutter wollte schon das Telefon nicht mehr abnehmen vor lauter Reklamationen.

Wie sollte ich jetzt noch einen Auftrag erledigen? Ich sah, dass ich damit in Schwierigkeiten geraten würde, denn, wenn mein Auftrag nicht fristgerecht ausgeführt wurde, musste ich eine Busse bezahlen.

Bei den letzten Aufträgen malte ich bis spät in die Nacht, bei schlechtem Licht, aber da hatte ich wenigstens die Leiter wieder. Ich hätte Geld aufnehmen müssen, um die Bussen zu bezahlen, und schon wäre ich zum Schuldner geworden.

Ich wäre betrieben worden, denn zahlen konnte ich ja nicht, und so zog ich mich noch rechtzeitig aus dem Geschäft zurück und liess den anderen selber weitermachen.

Hätte ich mich dagegen aufgelehnt, hätte ich zuviel riskiert. Ich hätte einen Anwalt gebraucht und hatte keinen, damals. Schon wäre ich ein Delinquent, ein Betrüger geworden bei den Bauherren welche die Aufträge für die Neubauten vergaben, und ich hätte sie wirklich geschädigt.

Auch Fred hatte einen Kompagnon, und der war, wie man sehen kann, auch nicht ehrlich und hat den anderen sitzen lassen. Der hat ihm vielleicht zu viele Aufträge reingeholt, er war doch sein Vertreter, und schon entwickelte sich

das Desaster. Die Wirte unterschrieben haufenweise Verträge, zahlten sofort ein, und der
schlaue Fuchs nahm das Geld und verschwand
damit in die Ferien. Dies hätte ich als Anwalt zur
Klage gegen Mul verwendet, aber der hatte natürlich einen besseren Verteidiger, wenn es
überhaupt zur Anklage kam. Und ganz sicher
fehlte es an Beweisen, wenn das Geschäft nur
auf den Namen von Fred lautete und der andere
im Betrieb gar nicht erwähnt war. Siehst du
durch, meine Tochter?» Myriam nickte schwer
mit dem Kopf und machte so richtig Glotzaugen.

«Sie schrieb dem Häftling umgehend zurück:
«Lieber Fred, wie geht es dir immer? Bist du oft
traurig? 'Are You Lonesome Tonight'? Ich male
immer noch. Meine Gitarre, die ich gegen die
Handharmonika ausgetauscht habe, hat mir ein
Junge am Fluss unten zerschlagen, er wurde zor-
nig, weil ich nicht nach seinem Willen tat. Jetzt
habe ich weder Gitarre, noch Handorgel, nur
noch die ganz alte, und eine Mundharmonika.
Dafür male ich jetzt mit den Ölfarben von Papa
richtige Gemälde, und kann viel über die Farben
von ihm lernen. Nur eine kleine Frage: Was ist
eigentlich mit deinem Kompagnon, wo steckt
der, konnte er dir nicht helfen? Alle haben so

viel zu tun, auch ich. Demnächst kann ich eine Lehre als Fotolaborantin antreten.».

Auch hatte sie jetzt einen neuen Plattenspieler und konnte so die schönen Songs von Elvis, und die anderen der Jukebox wieder hören. Aber die schillernden Farben der Jukebox hatte ihr Plattenspieler leider nicht. Das alles schrieb sie ihm und weiter: «Er hat auch schon bald eine Reparatur nötig, es ist der Gummiriemen, hab ihn bereits wieder frisch eingezogen. Wir denken an dich. - - - Herzliche Grüsse von Little Sister und

sag ihnen «Treat me Nice», bis auf ein ander-
mal».

Teil 2

Hier beginnt der eigentliche Handels-Thriller. Es sind die spannenden Nachforschungen von Freds gutgesinnten Freunden und einem Anwalt. Sie werden alles versuchen, um den Sträfling aus dem Gefängnis zu befreien.

16

Keine Antwort

Es kam einfach keine Antwort mehr. Der Brief wurde vermutlich konfisziert. Vater und Tochter sprachen jetzt viel über Fred. «Es ist schon eigenartig, dass keine Antwort eintrifft», sagte Myriam. Ihr Vater meinte: «Ja es ist undurchschaubar für uns beide, was können wir denn tun? In meinen Augen ist er nicht so schuldig, zumindest nicht allein. Mul ist der Übeltäter. Mir kommt da etwas in den Sinn, ich habe da noch einen guten Freund, den Sibler, weisst du noch, den Schachspieler, der immer mit mir zum Spielen kam. Und als du noch klein warst hat er dir doch so ein schönes Geschenk gebracht».

«Ja das kleine Porzellan-Service, das Kinder Geschirr mit den süssen Tässchen!»

«Wie nett», sagte der Vater, dann fügte er bei:

«Er kennt viele Leute, oder hat sogar gute Anwälte und sicher auch Kontakt zu diesen.

Ich muss mal mit ihm darüber reden. Am Sonntag, da habe ich Zeit, da lade ich ihn mal ein, oder ich suche ihn am besten mal in seinem Geschäft auf».

Konrad Sibler war ein reicher Geschäftsmann und hatte einen schönen Laden am Paradeplatz. Er war sehr erfreut wieder mal etwas von Hans zu hören, und am nächsten Sonntag kam er zu der Familie in die Vorstadt. Hans, der Vater, und Konrad unterhielten sich über ihre damaligen Kriegsdienste und sprachen miteinander bis in die Nacht.

Und da brachte Hans das Gespräch auf Fred und seine Jukeboxen. Konrad hörte aufmerksam und verwundert zu. Bald fand auch er, dass hier etwas nicht stimmte. Er schüttelte immer wieder den Kopf und fragte:

«Wo ist denn jetzt dieser Kompagnon, dieser, wie hast du gesagt, dieser Mul?»

«Ich glaube der wohnt in Zürich». «Man müsste ihn mal ausfindig machen und etwas überwachen», meinte Konrad.

«Ich kenne auch genug gute Anwälte, welche die Sache neu anpacken und ins Rollen bringen könnten. Vielleicht findet sich da einer, der ihm hilft. Geld spielt keine Rolle». Hans nickte:

«Und ich könnte ihn erst mal aufstöbern und herausfinden wie gut der mit dem ertrogenen Geld lebt». Und zu Myriam wendete er sich: «Du wirst mir dabei helfen».

Konrad mahnte sie aber eindringlich zur Vorsicht. Es könnte sehr gefährlich werden: «Verschwiegen sein bringt Vorteil ein».

Die beiden Männer schüttelten sich die Hände zum Abschied und versprachen sich gegenseitig ständig im Kontakt zu bleiben.

17

Olé-Olé

Als nächstes ging Myriam in die Nachtbar, das Olé und schaute sich nach Tamara, der damaligen Freundin von Fred um. Die Kneipe war in rotem Dämmerlicht, und von der Decke her glühten farbige Lämpchen und Zettel wie Banknoten. Vielleicht waren sie echt? Aber sie suchte nach Tamara. Diese fand sie an der Bar mit einem Gast und setzte sich neben sie. Tamara erkannte sie sogleich und freute sich insgeheim über den Besuch. Sie lispelte der anderen zu:
«Was willst du, ich hab' nicht viel Zeit, du siehst, ich habe Kundschaft».

«Es ist wegen Fred, ich mach nicht lang, ich möchte die Adresse von Mul, hast du die, kannst du mir die geben?»

«Ja schon, aber ich weiss nicht wo er ist, ob er überhaupt in Zürich ist. Meistens treibt der sich in Nizza oder in Cannes rum».

«Gut möglich, bei dem Geld das er abkassiert hat».

«Pass auf, das ist gefährlich, es gibt genug Ohren, überall. Ich will da nicht mitreingezogen werden». Tamara zog einen Kugelschreiber aus ihrer Handtasche und schrieb ihr hastig etwas auf die Rückseite eines kleinen Zündholzbriefchens.

«Danke, das ist genug, mehr brauch ich jetzt nicht. Mach's gut und Tschüss». Myriam liess den Drink stehen und legte eine Zehnernote auf den Tresen. Dann verliess sie eilig das Lokal. Myriam dachte:

Ich muss mal sehen wie und wo der lebt. Kreis sieben, aha, da wohnen die Besseren, die Reichen. Den Gauner muss ich zunächst einmal beobachten. Wenn er da ist, steht auch irgendwo sein Amerikaner Schlitten. Den kenne ich erst mal. Vielleicht hat er ja den Wagen inzwischen gewechselt und fährt jetzt den Engländer, egal, Plymouth. Irgend so ein Auto muss es sein. Ich fahre jetzt mal hoch und sehe mir mal das Haus an.

18

Aufgestöbert

Sie bestieg am nächsten Morgen die Strassenbahn und begann im Quartier, als sie dort angekommen war, nach der Adresse zu suchen.

Es war jetzt Frühling und nicht mehr so kalt. Die Vögel zwitscherten von den Bäumen und in den Sträuchern, und die Sonne schien auch schon wärmer. Sie leuchtete in dem zarten Grün der frisch aufgehenden Sprossen, so war das bis jetzt ein angenehmer Spaziergang. In der kleinen Strasse der angegebenen Adresse stand auch richtig ein grosser Amerikaner Wagen. Dann ging sie hin zu dem Haus mit der Nummer. Es war ein sehr wohlhabendes Mietshaus mit nur vier Bewohnern. Auf dem Namenschild am Eingang fand sie was sie suchte:
Daniel Mul. *Da ist er ja, aber läuten ist nicht drin, muss erst mal beobachten. Vielleicht kommt er bald raus. Die Nummer von seinem Auto kenne ich zwar nicht, aber wenn er erst mal eingestiegen ist, dann weiss ich schon mehr.* Sie wartete etwa eine halbe Stunde und stellte sich unauffällig etwas abseits unter einen Baum.

Da kam er raus. Sie erkannte ihn sofort an seinem Gang. Am Arm hielt er eine üppige Blondine. Die beiden stiegen in das Auto, welches Myriam nicht aus den Augen gelassen hatte, und fuhren weg.

Er macht einen so wohlhabenden ja sogar reichen Eindruck, dem geht es nicht schlecht, der lebt gut. Ob er immer noch in dem Geschäft mit den Jukeboxen ist, während der andere im Knast hockt, das wird sich ja herausstellen. Ich melde das jetzt erst mal dem Sibler.

19

Info

Zuerst brachte sie ihre Erkundigung ihrem Vater. Der telefonierte daraufhin mit seinem Freund. Konrad hörte angespannt zu und meinte:

«Es wird Zeit, dass ich mal mit meinem Anwalt rede». Wir müssen den hochgehen lassen und nicht aufhören, bis Fred draussen ist, der Arme. Schreib ihm aber lieber nicht, die Sache muss geheim bleiben. Bis wir genügend Beweise haben, bleibt alles unter uns, klar?»

«Ja, es wird langsam interessant, meine ich, bis dann und danke». Vater legte auf.

Nach ca. einer Woche schrillte das Telefon bei Hans, dem Vater. Er ging zum schwarzen Apparat, der an der Wand hing und nahm ab: »Ja, wer da?

«Ich bin's, Konrad, hallo Hans. Können wir uns treffen? Ich habe neue Nachrichten. Magst du noch in die Stadt runterkommen, ich warte auf dich nach Geschäftsschluss im 'Kropf', wenn es dir recht ist». «Wann?» «Gleich heute noch, acht Uhr, ist doch nicht zu spät?» «Nein, geht in Ordnung, ich komme!» «Also dann, bis bald». Der andere hing auf.

Konrad wartete auf ihn in der hintersten Reihe an einem Einzeltisch und hatte ein Schachbrett vor sich.

«Grüss dich, alter Knochen, hier sind wir ungestört und können uns unterhalten. Hier hinten sind immer nur die Schachspieler und man lässt sie in Ruhe. Ich bestell mal noch etwas Wein, du trinkst doch mit?».

«Aber sicher, den vertrage ich immer am besten, also sag schon, was gibt's?» «Ich habe neue Informationen».

Mul war seit längerer Zeit nicht mehr in Zürich. Ich habe mich erkundigt bei der Einwohnerkontrolle. Ich sagte denen es geht um einen Angestellten. Ist ja auch wahr. Er hatte sich vor zwei Jahren in Zürich, seinem Wohnsitz, abgemeldet. Seither war sein Aufenthalt unbekannt. Bei der Abmeldung gab er die Destination vorerst als Frankreich ein».

Hans räusperte sich: «Somit war er zum Zeitpunkt des Prozesses gar nicht da».

«Sehr richtig, jetzt ist er aber seit 2 Monaten wieder zurück in Zürich gemeldet».

Ein weiteres Indiz: «Er hat jetzt auch wieder ein Konto bei seiner früheren Bank eröffnet, wobei es sich herausstellt, dass er dieses zum Zeitpunkt seiner Abmeldung hier, völlig gelöscht hatte. Er war bei der gleichen Bank wie Fred. Sicher hatte er da sein Konto um bei den Kunden nicht aufzufallen mit dem anderen Konto, aber der gleichen Handelsbezeichnung, du verstehst schon?»

Hans sah das auch so:

«Jetzt wo der andere hinter Gittern hockt, fühlt er sich sicher».

Sein Freund fuhr weiter: «Ich habe jetzt den Anwalt davon in Kenntnis gesetzt. Er ist interessiert».

Konrad stellte die Schachfiguren auf und eröffnete. Hans tat einen Zug, ziemlich nachdenklich,
beinahe abwesend:

«Und die Kosten, meinst du das wird teuer?»

«Bis jetzt nicht. Jetzt laufen nur neue Nachforschungen. Der Copain hatte sich in Frankreich
abgesetzt, wo er schon lange ein Konto hatte.
Vor zwei-drei Jahren sind regelmässig grössere
Geldbeträge aus seinem Konto aus Zürich überwiesen worden. Dort unterhält er auch eine Ver-
sicherung und zahlt laufend ein, für Wertsachen
wie einen teuren Amerikanerwagen und für
eine Jacht ist er obendrein versichert. Immobi-
lien sind keine ersichtlich».

Was denkst du da?» «Ich bin perplex!»

So höre weiter: «Die weiteren Nachforschungen
ergingen über das Handelsregister. Fred figu-
rierte als Einzelunternehmen, und nicht als AG
oder GmbH, also ohne Kompagnon.

Mul war sein Angestellter, mehr nicht. Das
Konto von Fred ist praktisch leer und ziemlich
verschuldet, das vom anderen hingegen nicht.

Sein Konto in Frankreich sieht anders aus, es handelt sich um grössere Summen».

«Das ist doch die Höhe!».

Konrad fuhr weiter: «Mul hat nun auch einen Eintrag im Handelsregister. Daraus lässt sich nun seine Bank und sein Konto ermitteln. Wie gesagt, er hat es erst kürzlich eröffnet, ein anderes. Diese Bank hat keine früheren Konten von ihm. Also muss er die Bank gewechselt haben. Der Bankangestellte konnte mir keine genaue Auskunft geben über das Transferkonto in Frankreich, er bemerkte bloss, dass es grössere Summen sind. Er steht natürlich unter Bankgeheimnis, aber der Rechtsanwalt könnte Zugriff bekommen». «Ja das muss er versuchen!»

Konrad meinte, dass das nicht leicht wird.

«Der Anwalt muss jetzt erst die Bankauszüge beschaffen, das dauert aber eine Weile. Bis dahin können wir noch nichts unternehmen, bis er alle Unterlagen beisammenhat. Er macht es zum Selbstkostenpreis, den übernehme ich.

«Das stinkt doch alles nach Betrug!»

«Das stimmt, der schlaue Copain war zur Zeit der Anklage und des Strafprozesses nicht mehr in Zürich und trieb sich auf seiner Jacht im

Mittelmeer herum. Fragt sich aber doch, wie es dazu kommen konnte».

Hans fügte vorsichtig seine Vermutung bei: «Der andere wollte teilen mit Fred und dieser wollte nicht, so begann er damit Geld aus der Kasse von Fred zu hinterziehen».

«Ja, das ist das Nächste, was wir herausfinden müssen, wie er das gemacht hat!»

Die beiden vertieften sich nun in ihr Schachspiel und als es Remi stand, verabschiedeten sie sich zu später Stunde.

20

Bei Mamma Lea

Wiederum zuhause, setzte der Vater seine Tochter von den Neuigkeiten in Kenntnis. Da wurde sie ganz munter:

«Ich habe eine Idee, ich geh mal zur Wirtin vom Rathaus-Kaffee runter. Die weiss vielleicht etwas». Da ging sie an einem freien Nachmittag denn auch hin und setzte sich zur Musikbox hinauf. Als der Kellner kam verlangte sie die Wirtin. Nach einer Weile kam sie hinauf und als sie Myriam sah, musste sie ein wenig lächeln:

«Was gibt es denn jetzt, ich kenne sie schon noch, sie sind ja ein richtiges Fräulein geworden, wo ist denn ihr Liebling?»

«Ich möchte mich nochmals entschuldigen für damals, das war nicht wie ich wollte. Der ist jetzt nicht interessant, es geht um etwas anderes. Ich möchte nicht unhöflich sein, aber ich hätte ein paar Fragen zu der Jukebox.»

«Was kann das sein?»

«Hatten sie diese Jukebox damals von einem gewissen Fred S.

«Ja, das ist richtig, wieso, das war ja eine sehr komplizierte Sache!» Myriam fragte dezent: «Sie meinen mit den Verträgen, nicht wahr?».
Jetzt setzte sich die Wirtin erst einmal hin.

»Ich habe aber nicht lange Zeit, bei mir kommen da ab und zu mal Gangster rein, da muss ich ein bisschen aufpassen, aber gleich über der Brücke ist der Polizeiposten. Die haben bei mir keine grossen Chancen».

«Waren da nicht zwei, welche ihnen die Box brachten, die war doch ziemlich schwer um in den ersten Stock hinaufbefördert zu werden?»

«Ja, ich mag mich schon erinnern, vor allem auch sehr gut an den zweiten. Der kam immer

vorbei und leerte den Münzkasten. Er sagte er
sei der Monteur und Teilhaber von Fred S».

Myriam erwiderte sogleich: «Solches habe ich
auch an einem anderen Ort bemerkt. Und wie
war das mit dem Vertrag, sie hatten doch einen
Monatsvertrag, und nicht einen Kaufvertrag, bin
ich da richtig?»

«Sie wollen aber viel wissen!» «Ja sicher, aber
es ist sehr wichtig, es geht um eine Rechtsa-
che!»

«Dann wissen sie also von dem Fall mit dem
Kaufmann, er sitzt ja jetzt bekanntlich».

«Ja, schon, aber der andere nicht!»

«Der andere war auch ein Frechdachs, immer
wieder versuchte er mir einen neuen, längeren
Vertrag unterzuschieben, nämlich einen Kaufvertrag. Er tat immer so geheimnisvoll und
sprach von den vielen Vorzügen eines solchen
Vertrages, und vor allem von den vielen Vortei-
len einer solchen Jukebox. Er würde doch bei
mir so viel Prominenz ein und ausgehen sehen.
Das stimmte auch, bei mir kamen all die Be-
rühmtheiten von Film und Show zu mir, ich
könnte ihnen da viele Namen nennen.

Da war z.B. mal die Grace Kelly, Harald Juhnke,
dann dieses Püppchen, warten sie, gleich fällt es

mir wieder ein, ach ja die 'Audrey Hepburn', dieses feine Gesichtchen, die feinen Hände, das vergesse ich nie. Aber wenden wir uns wieder zurück zu diesem Mul.

Immer wieder kam er zu mir und brachte eine neue Single mit. So hielt er mich lange Zeit hartnäckig hin, aber als ich dann doch nicht einlenkte, sagte er eines Tages unverblümt, dass die Jukebox jetzt mal in Revision genommen werde. Das sei so üblich.

Wenn er dann manchmal so bei mir sass, hatte ich immer so ein ungutes Gefühl, und dachte mir dabei so manches. Könnte er vielleicht einer geheimen Loge angehören, so figalant wie der aussah? Andererseits hatte er auch etwas von einem ehemaligen Internatsschüler». Mamma Lea lachte: « Er hätte auch ein ausgewachsener Chorknabe sein können, aber Spass beiseite. Ich musste dann über einen Monat warten bis er die Box, und zwar eine andere wieder hereinstellte. Dabei half ihm ein anderer, ein noch sehr junger Bursche, den ich erst beim Abtransport des Gerätes zum ersten Mal sah, der war jetzt wieder dabei». Myriam fragte unvermittelt: «Können sie mir diesen beschreiben?».

«Das dürfte schwierig werden, gross war er, soviel ich mich erinnere». Myriam liess nicht locker:

«Ich muss unbedingt wissen, wie der aussah, vielleicht kann ich ein Foto beschaffen, dann komm ich wieder zu ihnen, auf Wiedersehn», und weg war sie.

21

Hellsehen

Am folgenden Abend sass Konrad S. wieder bei Hans zuhause. Hans überlegte:

«Was mich jetzt schon lange wundert ist; wie konnte Mul an das Konto von Fred herankommen? Wie konnte der davon Geld abheben, eine Vollmacht hatte er ja wohl nicht?»

«Er war sein Buchhalter».

«Das genügt nicht, der Name des Kontos lautete ja nicht auf ihn, er war nicht Teilhaber».

«Dann muss er die Kunden dazu gebracht haben, das Geld auf ein anderes Konto zu überweisen, aber wie?»

Hans blickte wie abwesend weit in die Ferne, seine blauen Augen öffneten sich weit, als ob er etwas sehen würde aus einer anderen Welt: «Ich hätte da eine Erklärung. Fred konzentrierte sich auch noch auf ein anderes Geschäft, das muss ihn zu sehr beansprucht haben und er verlor den Überblick».

«Was für ein Geschäft war das?»

«Er begann mit Schönheits-Konkurrenzen rumzumachen, sich für Misswahlen zu engagieren, wie weit er es damit gebracht hat, weiss ich nicht».

«Woher weisst du das, bist du sicher?»

«Ja gewiss, meine Tochter war an einer solchen dabei». «Interessant!» und Hans fuhr fort:

«Ich sehe das so: Mul stellte immer die Rechnungen aus, er war ja auch noch sein Buchhalter».

«Das wissen wir ja schon». «Höre weiter, ist aber nur eine These. Als die neuen Rechnungen für die Saalmiete gestellt werden mussten, eröffnete er ein neues Konto, z.B. <u>Mul, Zweigniederlassung für Musikapparate.</u> Seine Bank wird sich nichts dabei gedacht haben.

Von da an liess er alles auf sein Konto überweisen, oder liess vielleicht nur noch die Saalmieten auf Freds Konto fliessen, sodass es Fred nicht auffiel, oder es zumindest am Anfang nicht merken konnte, wenn gar kein Geld mehr kam. Den Wirten erklärte er, wenn diese schon fragten, was kaum der Fall war, dass dies für sie einfacher wäre».

Konrad nickte. «Das Lokal mit der Misswahl würde mich vorerst interessieren, Gibt es eine Adresse, Beweise?»

«Ich hol mal meine Tochter, sie wird die Wirtschaft bestimmt noch kennen». Er erhob sich und ging vor Myriams Zimmer und klopfte an: «Bist du da? Ich hätte da eine wichtige Frage an dich». Die Türe öffnete sich und Myriam kam verschlafen heraus, was gibt's?»

«Hast du die Adresse von dem Wirtshaus in Will, wo du an einer Misswahl warst, hast du die noch?»

«Ich sehe mal in meinem Fotoalbum nach, da müsste sie dabei sein, ist so eine Ansichtskarte». Sie ging zurück und kam bald schon wieder:

«Ich habe da auch noch so ein kleines Zündholzbriefchen dabei gefunden, da steht alles drauf, Adresse, Telefon, Name des Wirts, alles drauf».

«Kannst du mir das geben, wir können das eventuell als ein Beweisstück brauchen».

Mit diesem Briefchen ging er zu seinem Gast zurück und legte es vor ihn hin. «Darf ich mal sehen?»

«Sie hat auch noch eine Ansichtskarte von dem Lokal». «Ja, hol das auch noch, so finden wir es besser, wir müssen da unbedingt mal hin». Plötzlich war er in Eile: Er verabschiedete sich kurz und sagte: «Ich zeig das mal meinem Anwalt. In den nächsten Tagen fahren wir mal hin, Myriam soll auch mitkommen, wenn sie Lust hat». Dann ging er rasch die Treppen hinunter und fuhr weg mit seinem Auto.

22

Die Jukebox

Myriam hatte vorerst noch andere Sorgen, sie musste den Jungen von damals finden, diesen Bengel aus dem Tearoom Karrer. Ob er da noch verkehrte? Wie früher setzte sie sich wieder in diese hübsche Tee-Stube und zu ihrem Erstaunen war die Jukebox wieder da. Ihre Freude war unbeschreiblich! Die Box hatte zu beiden Seiten farbig-getönte Neonröhren in Stromlinien-form.

Die war bestimmt sehr teuer!

Sie füllte eine Münze ein und wartete auf den
Wirt der mit einem Gast an einem anderen Tisch
sass. Sie schaute zu ihm hinüber, ob er wohl
kommen würde. Auch er gewahrte nun das
Mädchen, erhob sich und kam sie an ihrem Tisch
begrüssen:
«Bist ja ein richtiges Fräulein geworden, warst ja
lange nicht mehr da». «Ja die Jukebox fehlte

mir, aber jetzt haben sie diese zum Glück ja wieder!»

«Das wurde auch langsam Zeit, bezahlt hatte ich sie schon längst und jetzt hat sie mir der andere endlich wiedergebracht».

«War da noch der Junge dabei, ich meine den Achill, der von früher?»

«Ja, der hat ihm geholfen, warum?»

«Ach nur so eine Frage, ich hätte so gerne ein Foto von ihm, können sie mir eines beschaffen?»

«Ich will sehen ob sich das tun lässt, hast ihn doch liebgehabt?»

«Ja vielleicht, sie dürfen aber nichts verraten».

«Schon gut».

«Ich hätte da aber noch eine andere Frage, aber vielleicht ist es zu indiskret».

«Fragen kostet nichts, aber dann muss ich zurück zu meinem Gast». Myriam nahm ihren ganzen Mut zusammen und schoss los:

«Haben sie die Box gemietet, oder gar gekauft, bleibt die nun für immer da?» Das fügte sie noch scheinheilig hinzu, sozusagen nur als Vorwand für die nächste, weit wichtigere Frage. Der Wirt antwortete etwas erstaunt:

«Sie ist in Miete, nur unter einem anderen Vertrag, ich habe sie nun immer für ein ganzes Jahr».

«Oha, sie haben einen neuen Vertrag, mit Mul, stimmt das?»

«Ja so ist es schon lange, aber nun musst du mich entschuldigen». Er kehrte zurück zu seinem Gast. Jetzt hätte sie gerne gewusst, wie lange er diesen neuen Vertrag schon hatte und das Foto von dem Jungen wurde nun zur Nebensache.

«Das krieg ich schon noch raus, wartet nur, ich komme wieder.» Sie kam dann auf eine andere Art zu dem Foto. Am nächsten Tag sass Achill im Lokal und war wahnsinnig erfreut, sie wiederzusehen. Er musste vom Wirt einen Wink bekommen haben. Er erhob sich und ging geradewegs auf sie zu: «Myriam, du bist es, wo warst du die ganze Zeit? Mensch die Mähne die du jetzt hast, darf ich mal?» und er griff ihr ins Haar uns streichelte sie bis um die Ohren. Sie setzten sich zusammen.

«Ein Foto möchtest du von mir, habe ich recht?»
«Ja». «So komme mit mir zum Dorfplatz hinauf, da steht ein Fotoapparat, so ein Kasten für Passbilder!»

«Tolle Idee!» Sie schlenderten zum Dorfplatz hinauf, zum Gebäude wo der Polizeiposten einquartiert war. Da stand der Kasten.

«Du kommst aber mit drauf, Ehrensache!»

«Ich bin begeistert». Er bemerkte in seinem Eifer gar nicht, was ihm Myriam für trockene Antworten gab. Die Hälfte der Abzüge behielt er aber für sich.

So kam sie dann zu dem gewünschten Beweisstück, das sie alsbald der Wirtin an der Limmat unten zeigen wollte. Sie wollte nur wissen, ob dieser Junge schon damals der Komplize von Mul war. Die Wirtin würde ihr das bestätigen anhand des Fotos, das sie nun hatte.

23

Beim Anwalt

Sibler sass im kleinen Büro des Anwalts und brachte ihm die neuen Informationen. Der Anwalt sagte entschlossen:

«Ich finde auch, dass es von Vorteil wäre, zuerst den Wirt in Will aufzusuchen, um herauszufinden, auf welches Konto er eingezahlt hat, und ob er einer der Betrogenen war, der dann die Jukebox nicht bekam, oder nicht fristgerecht. Erst

wenn wir das wissen, und sich der Verdacht be-
stätigt, kann ich eine Revision des Strafprozesses einleiten und das Urteil anfechten.

Es wäre natürlich auch wichtig, sich einmal nach
der Verfassung von Fred zum Zeitpunkt der Anklage zu erkundigen. Aber mit dem direkten
Kontakt möchte ich noch warten, eher käme in
Frage, sich nach seinem jetzigen Betreuer schlau
zu machen. Der weiss sicher einiges. Ich kann
mal in der Anstalt nachfragen, ich wüsste auch
gern den Namen seines Pflichtverteidigers, einen anderen konnte er sich wohl gar nicht mehr
leisten. Vermutlich war Fred damals kaum noch
gut drauf, er muss ja schockiert gewesen sein
über seinen Freund!»

«Gewiss war er zerschmettert und aus allen
Wolken über diese Untreue.

Soll ich ihn vielleicht mal besuchen im Gefängnis?»

«Das ist eben für dich auch nicht ungefährlich
und für Hans wäre es auch peinlich, wenn er sich
da zu früh einmischte».

«Ganz unverbindlich wäre natürlich mein Besuch, weil ich ihn ja gar nicht kenne, Hans hat
ihn auch noch nie gesehen, er weiss das alles nur
von seiner Tochter».

«Die Tochter wird am Schluss auch als Zeugin auftreten müssen, sag das Hans, er soll sich das gut überlegen!»

«Vielleicht lässt es sich ja vermeiden, wenn genügend Beweise da sind». «Also los», rief der Anwalt, «fahrt schon mal nach Will zu dem Wirt». Sibler überlegte nochmals: «Meinst du, wir kommen durch?», stand auf, bedankte sich und sie nahmen Abschied.

Von der Gasse her dröhnten ihm laute Rufe von den Nachtbuben her, sie johlten unverständliches Zeug. Es könnten auch Betrunkene gewesen sein, und er achtete darauf, nicht zu eng an ihnen vorbeizugehen.

24

Fahrt nach Wil

Das Wetter war gut und Konrad holte Hans und Myriam zu Hause ab. Dann fuhren sie los in Richtung Thurgau. Vater und Tochter sassen hinten und er meinte zu ihr: «Wenn auch nichts dabei herauskommt, eine schöne Fahrt ist es allemal. Es reut mich nicht, wenn wir es wenigstens versuchen. Ich finde er ist es wert, er war doch immer anständig zu dir, nicht wahr?»

«Ja, er war ok, nicht wie die anderen Bengel!»
Konrad rief nach hinten:

«Da hat sie aber Glück gehabt?»

«So ist es, nur er leider nicht!»

«So ganz unschuldig war er jetzt aber auch wieder nicht!»

«Meinst du?»

«Ja warum macht er mit Misswahlen und schaut seinem Kompagnon nicht auf die Finger?»

«Du, das mit diesen Wahlen konnte vielleicht sehr anstrengend für ihn gewesen sein, mit allem Drum und Dran!»

«Da hast du wieder recht». Langsam kamen sie mit ihrem Auto in die gesuchte Ortschaft. «Ich rede zuerst mit ihm, du sagst mal gar nichts, lass mich nur machen», sagte Konrad.

Es war ein schöner Nachmittag als die drei in dem gemütlichen Landgasthof in Wil Platz nahmen. Die Bedienung kam auch gelegentlich vorbei, sie hatte nämlich viel zu tun. Sie gaben ihre Bestellung auf und sagten der Serviertochter, sie würden gern mal mit dem Wirt reden. Die Getränke wurden serviert und der Wirt kam an ihren Tisch um sie zu begrüssen. Er streckte ihnen seine grosse Hand hin:

«ihr seid aus Zürich? Herzlich willkommen, was wünschen die Herrschaften, möchten sie den Saal mieten?» Nun war es an Konrad:

«Nein, nicht direkt, es geht aber dennoch darum, und nebenbei um etwas anderes, eine Jukebox».

«Oh, sie scherzen wohl? Damit hatten wir genug 'Komedi'. Eine schlechte Komödie war das. Die Box ist übrigens nicht mehr da, die kam rein, wurde wieder abgeholt, rein – raus, und kam dann gar nicht mehr, ein Affentheater sage ich ihnen!»

«Das kann ich mir denken! Eben genau das interessiert uns, sagen sie uns doch bitte, wie war das mit den Zahlungen, den Verträgen. Ich möchte sie damit nicht belästigen oder indiskret sein, aber wir müssen noch mal in der Sache recherchieren, auf unsere Verschwiegenheit können sie sich verlassen». Der Wirt machte grosse Augen und stutzte nicht schlecht. «Was wollen sie denn genau wissen?»

«Wir müssen herausfinden wie viele Kontos damals geführt wurden und auf welche sie einbezahlt haben. Vermutlich gehören sie auch zu den Klägern».

«Ja das stimmt, wie kommen sie darauf, der Mann sitzt jetzt meines Wissens».

«Bei ihnen hat doch eine Misswahl stattgefunden, da haben sie ja auch den Saal vermietet. Dabei wurde auch eine Musikbox geliefert. Haben sie auf getrennte Konten einbezahlt für die Saalmiete und die Musikbox?».

«Ja ganz genau, meine Frau macht zwar sonst immer die Buchhaltung, sie hilft mir viel dabei, aber bei den Rechnungen war sie sich zuerst auch nicht sicher. Schmidt, so heisst er doch kam zuerst mit seinem Kompagnon, einem gewissen Mul. Kurz nach der Veranstaltung, etwa zwei Tage später, kam Mul mit einem Jungen vorbei und sagte mir, er müsse die Jukebox abholen, weil diese speziell nur für Misswahlen vorgesehen wäre. Ich könne die Rechnung für die Monatsmiete vernichten und er würde mir eine neue geben die auf ein anderes Konto als für die Saalmiete bestimmt sei. Er würde ihm dabei noch extra Prozente für die Wartefrist anrechnen. Dies sei einfacher für ihre Buchhaltung die beiden Posten zu trennen, um kein Durcheinander zu bekommen. Die andere Musikbox würde sogleich nachgeliefert.

Wir dachten uns nichts weiter dabei und zahlten so auf die beiden verschiedenen Konten ein. Uns war das einerlei».

«Wie lauteten denn diese mit Namen?» «Nun, das eine für die Saalmiete war auf Fred Schmidt-Musikalien Jukeboxen und Saalmieten- ausgestellt und das andere ging auf die Zweigstelle für -Musikalien und Jukeboxen, H.D. Mul,- ebenfalls Zürich. Wir zahlten alles fristgerecht, aber die Boxen wurden danach ein paarmal ausgewechselt.

Mul unterbreitete uns darauf einen Miet-Kauf-vertrag, das wäre besser für uns und wir zahlten auch da ein. Aber als wir schon beinahe die ganze Box abbezahlt hatten, holte der sie nochmals in die Revision. Danach sahen wir sie nicht mehr. Das war etwa vor zwei Jahren. Wir versuchten die beiden telefonisch zu erreichen, aber Mul war einfach nie da.

Als wir uns bei der Bank, wo wir einzahlten nach den Überträgen erkundigten, hiess es, das Konto sei gelöscht worden und die Einzahlungen auf ein anderes Konto überwiesen worden. Somit wendeten wir uns an den anderen. Schmidt gab sich sehr erstaunt und meinte er wüsste von nichts. Wir sagten ihm, wir hätten einbezahlt, er solle mal auf seinem Konto nachsehen. Er versicherte uns, er würde uns zurückrufen, aber da kam lange nichts.

Da erhoben wir Klage gegen ihn auf Betrug. So jetzt wissen sie so ziemlich alles, ich muss jetzt wieder zurück zu meinen Gästen.»

«Wären sie so freundlich und könnten sie diese Rechnungen für uns nochmals hervorholen und uns die Abzüge davon zusenden? Wir würden ihnen sogar sehr gerne helfen um ihren Schaden wieder gut zu machen.» «Ja, wenn wir die noch hätten? Es war ja eigentlich nur der Vertrag, der nicht korrekt war, wir zahlten die Miete und hatten solange die Jukebox. Ich schick sie ihnen zu, muss aber zuerst meine Frau anfragen, die macht das alles, und wir haben mit unserer Wirtschaft gewiss genug anderes zu tun, als uns mit der Jukebox herumzuschlagen sie verzeihen, aber ich muss».

Er deutete auf seine anderen Gäste und erhob sich von ihrer Unterredung.

25

«Da haben wir es ja, Hans, du hattest recht, und jetzt ab nach Zürich!» Damit gingen auch sie und bestiegen wieder das Auto und unternahmen die Retourfahrt in etwas schnellerem Tempo als sie gekommen waren.

«Hans, aus dir wird noch mal ein Hellseher». «Sag ich ja». Myriam rief dazwischen: «und ein Advokat, und mit dem Jungen hatte ich auch recht!» «Der ist nicht so wichtig, aber er hätte doch etwas an Fred davon sagen können». «Schweigen ist keine Straftat». «Mitwisserschaft schon!» «Der wusste überhaupt nicht was da läuft, schätze ich, und wenn, dann musste er eben schweigen», sagte Konrad. Hans meldete sich wieder zu Wort:

«Denkst du der Anwalt lässt nun den Fall steigen, wird er ihn nochmals aufrollen können?» «Es wäre von Vorteil, wenn er zuerst noch an die Klägerliste herankommen könnte, aber ich weiss jetzt auch noch nicht ob er das schafft ohne einen Rekurs einzureichen, und ich glaube, das muss er». Hans rief: «Dann kanns ja losgehen, und er soll die Kontoauszüge nicht vergessen!». Konrad fuhr die beiden noch bis vor ihr Haus und verabschiedete sich hastig: «Ich muss nochmals zurück in meinen Porzellan Laden».

26

Beim Copain

Daniel Mul stand mit einem jungen Mulatten in der Küche und marinierte den Rollbraten für seine Gäste. Der Hilfskoch war ein kräftiger Bursche von etwa 25 Jahren. Er trug ein blau-weisses Seemanns-Tee Shirt mit Piratenhosen die etwas über das Knie reichten. Er kannte sich gut aus im Kochen, denn er war früher Schiffskoch, bis sie ihn hinausgeworfen hatten. Sie warfen ihn einfach ins Meer an der Küste, weil er vermutlich die Suppe versalzen hatte, und er musste ans Ufer schwimmen.

Im Wohnzimmer drin warteten die zwei jungen Gäste. Tamara sass mit Achill, dem Jungen aus dem Tearoom Karrer im Wohnzimmer auf ihrem grossen Sofa. Achill nuckelte an einer Bierdose mit Röhrchen. Sie blätterten zusammen in einem Fotoalbum von Ferienerinnerungen mit Daniel, das vor ihnen auf dem Salontisch lag. Sie ergötzten sich an den vielen grossen Jachten die in einem Hafen am Mittelmeer lagen. Der Junge zeigte auf ein Bild mit einer Jacht wo sie zu dritt mit Daniel abgebildet waren: «Sieh, das bin ich, und da sind wir auch zusammen drauf».

Tamara rief entzückt: «Ja, und da ist die kleine Tänzerin mit Daniel zusammen». Achill schniefte: «Ja nu, ist mir doch egal». Daniel kam eben aus der Küche und fragte: «Was heisst da, ja nu? So blöd, dieses na-nu. Was ist dir egal?»

Achill nahm wieder einen Schluck aus der Bierdose und nuckelte weiter mit nu-nu:

«Ach nur das mit dieser Tänzerin». Daniel spöt-
telte: «Hättest sie auch gerne gehabt, wie?»
«Schon vorbei», rief der Junge, »ich habe ja jetzt
wieder die andere gefunden». «So, welche
denn?» Der Junge holte umständlich ein Foto

aus seiner Jackentasche hervor und hielt dieses den beiden vor die Nase:

«Da schaut hin, hübsch, nicht wahr?»

«Die kennen wir doch, das ist die Kleine vom Tearoom». Tamara fügte bei:

«Ja, die war doch letzthin bei mir im Olé unten». Daniel fragte verblüfft:

«Was wollte sie denn von dir?»

«Gar nichts, sie wollte mich nur einmal sehen in dem Lokal, sie ist jetzt ja alt genug», log Tamara schlagfertig und verschwieg schlau, dass sie ihr dummerweise die Adresse angegeben hatte. Daniel fuhr aufgeschreckt dazwischen:

«Von der Jacht da unten erzählt ihr aber nichts, wenn die wiederkommt. Und du Achill hältst auch den Mund bei der, mit der sollst du dich überhaupt nicht abgeben, ich verbiete dir, dich mit ihr zu treffen!»

«Ich lass mir gar nichts verbieten von dir?»

«So, wenn du meinst, du würdest aber Ärger mit mir bekommen». Achill murrte: «Ich will mein Geld, wann ist Zahltag?» Daniel antwortete kurz: «Nicht jetzt». Er wendete sich ab und ging zur Küche: «Ich werde jetzt mal zu meinem Rollbraten zurückkehren, der brennt mir noch an».

Draussen in der Küche stand sein Hilfskoch, der zum Glück alles gut überwachte.

Es war ein Afrikaner, den Daniel an der Riviera unten aufgefischt hatte. Er hatte ihm damals das Leben gerettet, als dieser beinahe am Verhungern war. Nun tat dieser alles für ihn, er hätte sein Leben dafür hingegeben. Daniel sprach mit ihm einige diskrete Worte:

«Nimm dich mal dem Jungen an und bring ihm etwas Manieren bei. Komm wenn du fertig bist, ich geh inzwischen wieder rein».

Als er sich breit vor Achill hinstellte, brüllte er ihn geradezu an:

«Du hast überhaupt kein Benehmen, du musst, glaub ich, noch erzogen werden, so geht das nicht!»

Achill schrie zurück: «Ich lasse mich von dir nicht erziehen und wenn du mich weiterhin anpöbelst, sage ich alles dem» . .

Daniel wurde langsam wütend und fiel ihm brüsk ins Wort: « Dem Fred, den meinst du doch, dem kannst du jetzt gar nichts mehr sagen, der hockt hinter Gitter» höhnte Daniel mit verächtlicher Stimme. Jetzt rief auch noch Tamara etwas dazwischen und übertönte noch die beiden, sodass man dabei noch die

Nachbarn als Mithörer bekommen konnte. Da öffnete sich die Küchentür und der Mulatte kam heraus. Verwundert sah er sich um. Die beiden Männer drin hatten bereits rote Köpfe. Daniel rief ihm zu:

«Übernimm du diesen, der ist mir zu frech geworden!»

Da sprang Achill auf, schnappte das Fotoalbum vom Tisch und flüchtete in Richtung Ausgang. Er stolperte dabei ein paarmal und als er die Türe erreichte, konnte er nicht öffnen.

«Schnell zur Türe, das Album, lass ihn damit nicht raus!» Der Mulatte folgte ihm und konnte ihn gerade noch erwischen, die Türe war noch verschlossen. Er packte ihn kräftig an den Schultern und stiess ihn von der Türe weg vor sich hin. Er entrang ihm flugs das Album und gab dem Opfer einen Tritt ins Schienbein.

Tamara fasste Daniel am Arm aber der stand gelassen da, denn er war kein Mann der Tat, er wollte sich nicht schmutzig machen und wollte auch kein Blut sehen, sondern liess lieber den anderen machen. Er holte sein Taschentuch hervor und betupfte sich damit die schweissgebadete Stirne. Gehetzt rief er dem Koch zu:

«Jetzt gib's ihm, nimm ihm die Fotos weg!» Der
Mulatte hatte den Burschen hart im Griff und
dieser versuchte sich zu wehren und zu boxen,
aber es gelang ihm nicht. Der Mulatte versetzte
ihm seine Rechte ins Gesicht, sodass Achill zu
Boden ging. «Heb ihn auf, sieh dass er wieder
steht, ich will ja keine Scherereien, sonst müssen wir noch die Ambulanz aufbieten für den da!
Ja gut so, und jetzt wirf ihn zur Tür hinaus!»

Achill taumelte blutverschmiert das Treppen-
haus hinunter und schrie: «Das zahle ich dir zurück!» Eine Türe im Wohnhaus öffnete sich und
die Nachbarin rief empört: «Was ist denn da
los?» Sie bekam keine Antwort, es war plötzlich
alles ruhig, der Bursche hatte das Haus verlassen, nur oben drehte sich der Schlüssel sorgfältig und leise im Schloss.

27

Späte Unterredung

Der Anwalt hatte sein kleines Büro im obersten
Stockwerk eines der mittelalterlichen Häuser im
Oberdorf. Es war nahe dem Obergericht. Hier
parkierte er seinen alten Ford und begab sich
die steilen Treppen hinauf, zu seinem Büro.
Sibler stand schon davor, als er ankam. Hastig
zog der Anwalt seine Schlüssel hervor und
fragte:
«Hast lange gewartet?»
«Nein, bin jetzt vor fünf Minuten gekommen,
eben nach Geschäftsschluss, war ja nicht weit,
war ja nur ein Katzensprung über die Rathaus-
brücke. Aber etwas gefällt mir gar nicht, da

lungert neuerdings immer so ein Mulatte in meinem Laden herum. Kaufen tut er nichts und will sich auch nicht beraten lassen. Spricht nichts, ich glaub der ist stumm». Die beiden traten ein und setzten sich an den Tisch, der mit einem Stoss Akten belegt war. «Und, wie bist du weitergekommen?» fragte Konrad.

«Ich habe mich beim Obergericht erkundigt und habe die Adresse des Strafverteidigers erhalten. Dabei musste ich ihnen bestätigen, dass ich die Absicht hätte, das Urteil anzufechten. Dann liess ich mir die Liste der Ankläger geben».

Konrad rief gespannt: «Hast du diese da, zeig mal her!» Der Anwalt wühlte auf seinem Korpus in den Akten und zog eine hervor.

«Hier ist sie, kannst es mal durchlesen, es sind mehr als ein halbes Dutzend Kläger», und er schob das Blatt über den Tisch. Sibler begann interessiert zu lesen:

«Die scheinen alle nicht aus Zürich zu sein, da sind welche aus St.Gallen, Thurgau, Appenzell. Ja schau, hier ist der Wirt aus Wil. Der Copain war ja sehr vorsichtig und liess in Zürich nichts anbrennen. Der Tearoom von Karrer ist nicht aufgeführt, Rathaus-Kaffee auch nicht, auch nicht das Olé. Ja der war schlau, das waren alles seine Stammlokale. Die Wirtin vom Rathaus könnte aber dennoch als Zeugin aufgerufen werden. Sie hat meiner Tochter einiges über seine Versuche mit den neuen Verträgen erzählt».

Der Anwalt winkte ab: «Die wird keine Zeit haben, und auch keinen weiteren Grund.

Aber ich habe sogar Neuigkeiten aus der Strafanstalt Regensdorf. Schmid geht es nicht besonders gut. Er hat dort einen Psychiater der ihn betreut. Dieser sagte mir, Schmidt hätte während der Verhandlung andauernd vor sich her gekichert, wäre kaum ansprechbar gewesen, und wäre beinahe in das Burghölzli eingeliefert worden. Der Mann bemerkte dies aber noch rechtzeitig und begann sich etwas Mühe zu geben. Somit wurde er nicht als verrückt erklärt und konnte diese letzte Schmach von sich abwenden.

Ich bin letzthin in die Anstalt gefahren und habe bereits mit ihm gesprochen. Er sass da in seiner Zelle mit gefalteten Händen und sagte immer wieder: «Oh Herr, lass diesen Kelch an mir vorübergehen! Er lässt euch herzlich grüssen und hatte dabei Tränen in den Augen». Konrad bekräftigte:

«Ich hätte ihm auch gerne noch Grüsse von Hans und Myriam ausgerichtet». Der Anwalt hob die Augen: «Er weiss bereits alles und wie gesagt, er war sehr gerührt. Er betonte immer wieder seine Unschuld. Er sei von dem anderen übertölpelt worden, weil er nicht mit ihm teilen wollte. Er sei es gewesen, der damals Mul unter die Arme gegriffen hätte, weil der völlig blank war.

«Ich habe ihm blindlings vertraut und ihn in meinem Geschäft mitarbeiten lassen», sagte er reumütig. Aber der Typ war ja nirgends mehr zu finden, und ihm fehlten die Beweise und die Kraft sich zu wehren. Es wäre seine Idee gewesen und nicht die des andern, der hätte ihm zudem seine Idee gestohlen.

«Ich war ja völlig pleite und musste Konkurs anmelden».

Konrad fragte ungeduldig: «Was machen wir jetzt?»

«Als nächstes muss ich an die Bankauszüge herankommen. Die von Frankreich werden länger dauern, aber vielleicht gibt mir die Bank aus Zürich die Auszüge der Überweisungen nach Frankreich.»

«Schon gut, die halten dicht, das weiss sogar ich, wegen dem Bankgeheimnis», sagte Sibler. «Jetzt gibt es nur eines, das Urteil anfechten den Prozess frisch aufrollen, Polizei einschalten, wir wissen ja wo er ist, Klage gegen den Copain einreichen, Festnehmen, den in Untersuchungshaft bringen, dann muss die Bank die Daten herausrücken!»

«Wir dürfen keine Zeit mehr verlieren».

«Ja und dann wird's so richtig heiss!»

«Wir müssen handeln, bevor er Lunte kriegt, der darf uns nicht entwischen!»

«Glaubst du, dass er schon etwas gemerkt hat?»

«Das ist gut möglich!»

28

Beschattet

Sibler liess ihn zu später Stunde zurück. Als der Anwalt dann auch sein Büro verliess und zum Parkplatz am Obergericht hinauf schlenderte, hatte er das Gefühl von jemandem beobachtet zu werden.

Als er vor seinem Auto stand bemerkte er, dass die Stossstange arg verbeult und verbogen war.

Als er einstieg, huschte ein schwarzer Schatten hinter seinem Wagen vorbei. Er startete den Anlasser, zündete die Scheinwerfer und schaltete den Retourgang ein, dabei sah er nochmals in den Rückspiegel.

Da gewahrte er einen dunklen Mann hinten an der Heckscheibe. Sofort trat er auf die Bremse und verriegelte alle seine Wagentüren, dabei gab es ein Geräusch, das nicht nur von den Wagenschlössern herkam.

Die Gestalt stand jetzt seitwärts von seinem rechten Fenster und bog den Kopf zu den Scheiben hinunter: «*Was will der, will der eine Auskunft, will der etwa, dass ich aussteige? Nicht mit mir, ich fahr jetzt los!*»

Und er gab Gas, und betätigte noch die Hupe. Der andere sprang zur Seite und verschwand hinter den Bäumen der Allee. Der Anwalt dachte, dass es höchste Zeit wird, etwas zu unternehmen. Ihm war klar, dass er beschattet wurde.

Am nächsten Morgen schon, marschierte er mit seinen Akten zum Obergericht und reichte die Anklage gegen Mul ein. Sein Antrag wurde genehmigt und die Polizei bekam den Haftbefehl. Mul wurde noch am selben Tag festgenommen und wurde ins Urania Polizei Gebäude, zum Gefängnis verbracht und in Untersuchungshaft gesetzt. Die Anklage lautete auf Betrug und Veruntreuung, des Weiteren auf schwere Schädigung der Person und deren Leumund. Es stellte sich heraus, dass er zudem vorbestraft war. Hinzu kam noch Verführung eines Minderjährigen und Anleitung zur Komplizenschaft. Die Liste wurde immer länger und das genügte, dass er später, am Tag des neuen Prozesses, schuldig gesprochen wurde. Er hatte zwar noch einen teuren Anwalt, und Verteidiger, er wollte den besten Advokaten, aber dieser konnte seine Schuld auch nicht abwenden. Er wurde zu sechs Jahren Zuchthaus verurteilt.

Myriam sass manchmal noch vor ihren Plattenspieler und legte die Singles von Elvis auf, wie Return to Sender, Adress unknown, . . und dann noch den Jailhouse Rock aus 1957.

Inhaltsverzeichnis

Teil 2

Nachwort

Dieser Roman ist ein Thriller und beruht auf Tatsachen die wahrhaftig in Zürich, während den Jahren 1959-ca. 1963 passiert sind. Die Autorin hat alle Personen gekannt, bis auf den Anwalt. Der Verlauf des Romans ist frei erfunden in seiner Abfolge. Die Namen der Beteiligten sind zum Teil abgeändert, oder nicht mehr genau in Erinnerung.

Die Olé-Olé-Bar ist bis heute eine gut besuchte, tolle Kneipe und ein Tipp für die Touristen, sie ist noch heute eine Attraktion. Die weiteren Unternehmen existieren nicht mehr unter ihren früheren Besitzern, oder es gibt sie nicht mehr. Der Roman ist sehr geprägt von Nostalgie, speziell von der Musik aus den Hit-Listen dieser Zeit, da ja eine Jukebox ohne Single undenkbar wäre. Die berühmtesten Jukeboxen waren die Wurlitzer. Es gab sie in Deutschland wie auch in Amerika.

Im Buch ist eine 'Filben Maestro' abgebildet.

Bisher in BoD erschienen

- **Der Musiker und seine Begleitung**, illustriert.
- **Alles ist schwer**, Kurzgeschichten, illustriert
- **Die Jukebox**, 3 Kurzgeschichten, Jugendbuch, illustriert
- **Schwester Adelheid**, Bericht einer Krankenschwester, illustriert
- **Imagination**, illustriert
- **Der Mann mit der Jukebox**, Thriller, illustriert

Schriftsatz und Layout:

Microsoft Word. Calibri Textkörper 12°

Scan: Hewlett Packard

Illustrationen: Federzeichnungen der Autorin,
total 13
plus 1 Farbfoto

Jugendbuch für alle deutschsprachigen Gebiete, denkbar ab 15 Jahren.

Der erste Teil dieses Romans ist in der Kurzfassung des Buches,- *Die Jukebox*- enthalten, welches noch 2 andere Storys enthält.

Zürich, 22.07.2019